NEKOTOSHOUZOUTOFUTARINOONNANEKOTOSHOUZOUTOFUTARINOONNANEKOTOSHOUZOUTOFUTARINOONNA
猫と庄造と二人のおんな
EX-LIBRIS
©DEETEN PUBLISHING

谷崎潤一郎 著

廖佳燕 譯

貓與庄造與兩個女人

笛藤出版

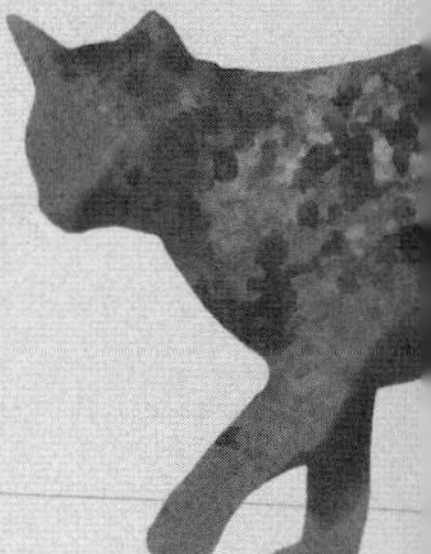

目錄

福子小姐：

很抱歉冒用雪子小姐的名義寫這封信給您，但其實這並不是雪子小姐所寫的信，看到這裡您應該已經知道我是誰了吧。又或者您在打開這封信的同時就已經察覺「果然是那個女人寫的信」了吧。想必您一定非常氣憤，覺得「這女人真是沒禮貌，擅用朋友的名義寫信也太厚顏無恥了吧」。但還請福子小姐您稍微體諒一下，如果在信封背面寫上我自己的名字，那麼一定會被那個人發現，然後中途就把信截走。無論如何我都想讓您讀到這封信，所以只能出此下策。但是請您放心，我寫這封信絕不是要對您埋怨或是訴苦。因為如果真要談起那些的話，可能花這封信十倍或二十倍的長度都不足以描寫我的感受，更何況，現在再說那些話也已經沒有任何意義了。呵呵呵呵呵，這段日子以來因為吃了許多苦頭，所以我變得越來越堅強，不再像以前那樣只會以淚洗面了。雖然還是有很多令人想哭泣和覺得不甘心的事情，但是我已經決定不再去想那些過往，並且盡我所能開朗地生活下去。說真的，除了老天爺之外誰也不知道人的命運會變得怎樣。所以，去羨慕或憎恨別人的幸福真的是一件非常愚蠢的事情呢。

我雖說沒受過什麼教育但也有基本常識，我知道直接寫信給您是一件非常失禮的事。其實這件事情我已經拜託塚本先生轉達過好幾次，可是那個人完全聽不進我說的話。所以現在除了拜託您之外我實在沒有其他的方法了。聽起來我要拜託您的好像是非常困難的事情，但其實絕對不是那麼麻煩喔。我只是想要您家裡的一樣東西而已。當然，我不是要您把那個人還給我喔，我想要的不過是一個毫無價值，而且一點也不值錢的東西：我想要的就是莉莉。

我從塚本先生那裡得知，那個人願意把莉莉給我，但是那個人卻說是福子小姐您不願意和莉莉分開，所以無法放手。福子小姐，真的是這樣嗎？您真的會拒絕我這唯一小小的請求嗎？請福子小姐您再考慮一下好嗎？畢竟我已經把比自己性命還要重要的人……不，應該說我已經把我和那個人所建立的幸福家庭都毫無保留的完全讓給您了。離婚之後，我連一個碗也沒有從那個家帶走。甚至連結婚時自己帶過去的嫁妝，也沒能拿回多少像樣的東西。雖然不應該讓痛苦的回憶繼續留在心裡，但至少請把莉莉讓給我好嗎？我沒有其他任何過分的要求，一直以來，無論在那個家裡受到什麼踐踏屈辱我都一直忍耐著。付出了這麼大的代價之後，我現在只想要一隻貓而已，這個心願並不是多麼無理的要求吧。對您來說，莉莉只不過是一隻微不足道的小東西，但牠卻可以慰藉我的孤單。我雖然不願意被認為是個懦弱的人，但如果連莉莉都不在身邊，我真的會非常寂寞。……因為這個世上除了莉莉之外，我身邊已經沒有任何可以相伴的人了。福子小姐您已經徹底地擊敗了我，難道還要讓我吃上更多的苦頭嗎？現在的我既孤單又無助，對於這樣的我，難道您連一點同情心都不能施捨嗎？您真的是這樣無情的人嗎？

不！我知道您不是這樣的人，我相當清楚無法離開莉莉的人並不是您，而是那個人，一直都是。因為他實在太喜歡莉莉了。他老是說「我可以和你分手，但我沒有辦法和那隻貓分開」。還有，就算吃飯或者是晚上睡覺的時候，莉莉總是比我更受到寵愛。但是，現在他又不坦白是「自己離不開那隻貓」，反而還把責任推到了福子小姐您的身上。您可曾好好地的思考過這個原因？

那個人把討厭的我從家裡趕出來，現在已經和喜歡的您住在一起。雖然和我一起生活時，莉莉是家中不可缺少的一分子，但如今他已經和您在一起，應該就不需要莉莉這個電燈泡了吧。又或者，即使是現在，那個人如果看不到莉莉，仍舊會感到沒有安全感嗎？如果真是這樣的話，那您就跟我一樣，在那個人心中連一隻貓都比不上呢。哎呀！真是對不起啊，我並不是有心要這麼說的。⋯不管怎麼樣，我想不至於有這麼誇張的事吧。但是那個人隱藏自己真正的心意，卻把事情都推到您身上，這就是他心虛的證明啊。⋯呵呵呵呵呵呵，不過這件事情到底已經跟我沒有什麼關係了。只是您一定要小心哦，如果您只是把莉莉當成一隻貓而輕忽牠的話，那麼，可能會被那隻貓給踩在腳下喔。我絕對沒有不良企圖，也不是要為自己謀求些什麼，這一切都是為了您著想。盡快讓那隻貓離開那個人的身邊吧〃如果他不同意的話，那就真的很可疑了，您說對吧！

福子將這封信一字一句牢牢的記在心上，然後不露痕跡地偷偷觀察庄造和莉莉之間的互動。

晚餐時間。庄造用二杯醋[1]涼拌的竹筴魚當下酒菜，正小口小口的喝著酒。庄造每喝一口就會放下酒杯叫著：

「莉莉……」

庄造拿起筷子夾著一隻小竹筴魚高高的舉起。這時莉莉只用後腳站立，前腳搭在橢圓形的小茶几上，眼巴巴的盯著盤子上的下酒菜不放。那副神態，簡直就像酒吧裡靠著吧台的酒客們，也像鐘樓怪人渴望的神情。只要庄造將食物高舉起來，莉莉就會著急的不斷抽動鼻子，那一雙又大又靈活的雙眼瞪得圓圓的，從下面盯著上頭的食物

1 二杯醋：醬油和醋或是鹽和醋兩種調味料混合而成的無甜味的醋醬。

看，彷彿人類吃驚時的表情。這時庄造並不會輕易的將竹筴魚丟給牠吃，

庄造會喊一聲「這裡！」

他先夾著魚靠近莉莉的鼻間讓牠聞一聞，之後又收回來送進自己的口中用力的吸吮掉魚肉上的醬汁，再將堅硬的魚骨頭咬碎之後，才又再次將嚼過的小魚從嘴裡夾出來再次舉高高的，一下子近一下子遠，一下子高一下子低，用各種方式捉弄莉莉。莉莉會跟隨著他的動作移動方向，這時牠的前腳離開茶几，就像幽靈的手一樣不斷往上舉想要抓住食物，只剩後腳的身體搖搖晃晃的追著魚跑。最後庄造會把魚放在莉莉頭部的正上方靜止不動，莉莉會鎖定目標拚命的往上跳。有時候跳上去時，眼看著前腳就要抓到食物卻又失敗，只好重新再來一次。像這樣子不斷地重複抓取的動作可不輕鬆，想吃到一條魚大概要花五分鐘到十分鐘。

整個晚餐的時間庄造不斷的重複做這件事，扔出去一條魚之後就喝一杯酒，然後周而復始地喊：「莉莉。」

一邊喊著然後又再次的將竹夾魚舉高。小盤子上約兩寸長的小魚大概有十二、三隻，庄造能吃到的恐怕只有三、四隻。他都是把醬汁吸光而已，至於魚肉就全部餵給

了莉莉。

「啊！啊啊！痛啊！這樣很痛耶！喂！」

過了一會兒，庄造忽然大叫出聲，因為莉莉突然跳到他的肩膀上伸出了爪子。

「真是！下來！你給我下來！」

雖說夏天差不多快結束了，但現在只不過才九月中而已，像庄造這樣胖的人一般還是怕熱而且容易流汗。他將小茶几搬出去放在之前因洪水而泥濘不堪的廊簷下。在短袖的襯衫上套了件毛線肚圍，下半身穿了件麻料短褲盤腿而坐，肩膀上圓滾滾的肉像小山丘一樣。跳在他肩膀上的莉莉為了不讓自己從肩頭上滑下來，用力的伸出爪子攀著他。爪子穿透了棉皺布的襯衫，深深地陷入了肩膀裡。

「啊！痛啊！痛啊！」

庄造慘兮兮的叫著：

「喂！還不給我下來！」

庄造一邊晃動著肩膀並將身體向一邊傾斜。但是這樣一來，莉莉為了怕自己滑落更是用力的攀著肩膀。到最後襯衫上滴滴答答的都滲出了血。

「真是亂來。」

就算這樣，庄造也只是發發牢騷，卻一點都沒有生氣的樣子。莉莉吃下所有的小魚後，會討好的去蹭著庄造的臉頰，如果看到庄造的口中還含著小魚，甚至會大膽的將自己的嘴湊到主人的嘴邊。這時候庄造將嚼過的小魚用舌頭推出去，莉莉會張口咬住。有時是一口咬走。有時只咬一小塊就開心地舔起主人的嘴巴附近。有時會看到主人和貓一來一往的拉扯著那塊魚肉。過程中，庄造會發出「嗚！」、「呸！呸！」或是「喂！等一下！」的叫聲。有時候雖然也會皺著眉頭或吐口水，但其實他和莉莉一樣，都很享受這樣的嬉鬧。

過了一會，他終於從這場遊戲中稍作休息。庄造沒事似的邊把杯子遞給老婆，邊還有點擔心的看了她一眼。不知道什麼原因，剛剛心情一直都還不錯的老婆，竟然沒有幫自己倒酒。反而是將兩隻手收進懷裡，然後直直地盯著他看。

「喂！怎麼了？沒酒了嗎？」

庄造邊問邊把酒杯拿回來，提心吊膽的看著老婆的眼睛，但對方卻沒有任何的退縮。

「我有話想跟你說。」

說完這句話，福子又露出有點不甘心的表情不發一語。

「怎麼了？妳要說什麼？」

「老公，我們把那隻貓讓給品子吧。」

「這是為什麼？」

庄造像是對這突如而來的話吃了一驚，不斷地眨著眼睛。但福子也不認輸的擺出非常難看的表情。這一切讓庄造更加的一頭霧水。

「為什麼突然提起這個？」

「沒有為什麼。我就是想把莉莉給她。明天請塚本先生過來，早一點把莉莉送過去。」

「這到底是為什麼？發生了什麼事嗎？」

「你不願意是嗎？」

「等……等等！什麼理由都沒有說，就突然提出這樣的要求太奇怪了吧。到底什麼事讓妳不開心了嗎？」

難道是對莉莉吃醋嗎？……庄造雖然想過這個因素，但總覺得好像哪裡不對勁。因為福子原本就喜歡貓，而且之前庄造說過他的前妻品子經常吃那隻貓的醋，福子當時還嘲笑了對方一番。不僅如此，福子在嫁進來之前就知道庄造很喜歡貓，所以就算沒有辦法像他那麼誇張，但也會和他一起好好的照顧莉莉。就像現在這樣，每天在用餐的時候夫婦隔著小茶几面對面的坐著，兩人中間總會夾著一隻莉莉。但即使如此福子從來沒有發過牢騷。不但如此，就像今天晚餐的時候一樣，看著老公和莉莉悠哉地在那兒邊玩耍著邊喝酒，自己也在一旁像觀賞馬戲團雜耍似的看著他們，覺得這樣的畫面非常有趣。有時候福子甚至也會夾點東西丟給牠吃。莉莉的存在，除了讓新婚的兩人之間感情更加的緊密之外，也讓整個用餐的氣氛變得更加的溫馨活潑。所以其實，莉莉應該不是兩人之間的妨礙。那麼，到底是什麼原因不開心呢？到昨天之前，不，應該說，到剛剛自己喝了五、六杯酒之前，都沒有發生任何事，但是在不知不覺間氣氛就變了。難道說是一些微不足道的小細節影響了心情嗎？還是因為福子說了「把貓讓給品子」這句話，所以突然覺得那個女人一點都不可憐呢？

說起來，品子離開這裡的時候，就曾經提出想要帶走莉莉作為交換條件，並且也三番兩次地請塚本先生幫忙協調轉達這個請求。但是庄造對這些話都是一副聽聽就好的樣子，每次都拒絕對方。根據塚本的轉述，品子的說法是「庄造把相處多年的老婆趕出去，將外面的女人帶進家裡。像這樣薄情的男人，根本沒有什麼好留戀的。而我卻至今依然無法忘記他。雖然很努力地想要去恨他埋怨他，但無論如何都無法不在意對方。以至思念就像在心裡生根了似地，急切地想要一個東西來紀念這段感情。雖然當初一起生活的時候，因為莉莉太受到寵愛而心生忌妒，甚至有時會暗中欺負莉莉。但是到了如今，那個家裡所有的東西都令人懷念不已。尤其是莉莉格外的讓人捨不得。那麼，至少讓自己將莉莉當作庄造的孩子一樣去疼愛，這樣一來，自己那些悲傷痛苦的情緒也多少可以得到些安慰吧。」

塚本也勸過庄造；

「石井啊，不過是一隻貓而已，沒什麼的。她這樣苦苦求你聽起來也是蠻可憐的。」

可是庄造總是直接拒絕。

「那個女人說的話我絕對不相信。」

因為那個女人討價還價的手段實在太厲害了。不知道她在背後打什麼鬼主意，所以她說的話絕對不能輕易相信。像她那麼倔強又不服輸的個性，說什麼對分開的男人還有留戀啊，很喜歡莉莉啊，這些低聲下氣的話聽起來實在太可疑了。那女人怎麼可能疼愛莉莉呢？要是把莉莉送過去，她絕對會盡情的虐待莉莉來洩憤吧。如果真是這樣，不就像是打算拿一件庄造喜歡的東西來作一些壞事嗎？……不！比起那種孩子氣的復仇，或許那個女人還有其他更深的企圖。而正因為庄造頭腦單純，無法看透對方的打算，所以令他感到有點毛骨悚然之外，也更加覺得反感。更何況，那個女人已經開過一些相當任性的條件了。原本整件事就是庄造這一方理虧在先，而且庄造也希望她早一點離開這個家，所以大部分條件庄造都接受了。怎麼？除此之外她還要將莉莉帶走嗎？

因此不管塚本怎麼固執的想要說服庄造，他總是用很婉轉的藉口來逃避這個話題。福子當然也贊成庄造的決定，而且原先福子的態度甚至比庄造更加堅定。

「妳倒是說個理由啊！我根本就不知道到底發生了什麼事。」

庄造邊說邊把酒壺往自己的方向拉過來，自顧自的喝著。接著，他一屁股坐下來並拍拍大腿，然後一邊四下張望一邊喃喃自語似的說：

「沒有蚊香嗎？」

四周的天色已經有一點昏暗，所以木牆角落那裡開始有蚊群嗡嗡嗡的聲音往走廊方向傳過來。這時候吃得有點太飽正縮在茶几下的莉莉，在自己成為風暴中心的時候，偷偷摸摸地往庭院走去。牠穿過圍牆不知道要去哪裡，一副想置身事外的樣子令人覺得好笑。其實每次吃飽喝足後，牠都會毫不遲疑地拍拍屁股揚長而去。

福子不發一語的走進廚房，找出漩渦狀的蚊香點火，然後放進茶几下面。開口說：

「老公！那些魚你幾乎都孝敬了那隻貓吧，你自己只吃了兩、三隻呢。」福子語氣比較緩和地講了這段話。

「是嗎？這種事我怎麼會記得住呢？」

「我可是數得很清楚喔。小碟子上一開始有十三條魚，莉莉吃了十條，你吃了三條而已。」

「那真是不好意思啊。」

「不好意思什麼你難道不知道嗎？你好好的想想，我這可不是在和一隻貓吃醋。我自己明明就不喜歡二杯醋涼拌的食物，是因為你說你喜歡，希望我能做這道料理，所以我才做的。結果你雖然這樣說，卻只吃了那麼一點點，還把其他的全部都餵給了那隻貓。……」

福子會這麼說其實是有原因的。

阪神電車的沿線有一些村子，例如，西宮、蘆屋、魚崎、住吉。在這些村子附近的海邊捕獲的竹筴魚和沙丁魚，大家都稱作「現撈竹筴魚」、「現撈沙丁魚」，幾乎每天都有人賣。因為是「現撈的」，價錢一杯大約十錢[2]到十五錢，分量大概足以讓三、四個人的家庭用來當家常小菜。如果生意好的話，一天會有好幾個人買。這種小魚在夏天長度大概一寸左右大小，到了入秋以後體積會長的更長一點。比較小的時候用鹽

2　十錢：一元的十分之一。當時的一元日幣大約相當於現在兩千多，十錢大約兩百多日幣。

烤或是油炸的料理方式都不太合適，但如果烤過之後用二杯醋涼拌，再撒上切碎的生薑，可以連骨頭都一起吃下去。可是福子就是不喜歡二杯醋，之前曾經反對這樣的吃法。她比較喜歡溫潤富有油脂的魚，所以如果叫她吃這些看起來冰冷又乾澀的食物真的太難受了。那正是典型福子的奢華飲食習慣。所以庄造對她說：「你做自己喜歡的料理就好。我喜歡小竹筴魚我自己會弄。」當聽到街上有人在賣小魚的時候，庄造就會把賣魚的叫進家裡來買一些。

福子和庄造其實是表兄妹，雖然嫁過來的事別有隱情，但是福子在婆婆面前不需要太拘束，完全可以按照自己的心意過日子。但這並不表示婆婆能夠忍受自己的兒子下廚，到最後還是福子得自己做這道料理，雖然覺得討厭，還是偶爾會一起吃這道菜。這樣的狀態持續了五、六天。直到兩、三天前福子忽然察覺，庄造不顧老婆的喜好也要端上餐桌的這道菜，真的是他自己要吃的嗎？根本都是餵給了莉莉啊。接著福子慢慢想起來，最近吃的小魚比較小，骨頭比較軟很容易吞嚥，而且價錢恐怕也不便宜。再加上這是一道涼拌菜，所以每天晚上用來餵貓是最合適的。也就是說，庄造喜歡的料理就是莉莉喜歡的料理。在這個家裡老公對於老婆的喜好根本視若無睹，而是以貓為中心來決定晚餐的菜色。對於為了老公而辛苦忍耐的福子來說，根本就是為那隻貓下廚。所有的一切都是為了配合那隻貓。

「不是這樣的，雖然我說是自己想要吃的才拜託妳做，但是莉莉那傢伙一直死纏爛打實在是太貪吃了，才會不知不覺地一直餵牠。」

「你不要再騙我了。你一開始就是為了莉莉想吃才叫我準備的，我不是早就跟你說過，我喜歡和討厭的食物嗎？你根本就把那隻貓看得比我更重要吧。」

「你在說什麼嘛，根本沒那種事。……」

福子彷彿不吐不快似的說了一大串，庄造卻因為她的話而整個人一臉頹喪。

「這麼說你覺得我比較重要嗎？」

「那是當然的啊，妳怎麼像個傻子啊！真是的！」

「你不要只會嘴巴說說，要證明給我看啊。不然的話我根本就無法相信你。」

「明天開始我就不買小魚了。哪！這樣妳就沒話說了吧。」

「與其這樣，你還不如把莉莉送走才好。只要那隻貓留在這個家，她就是最重要的。」

雖說庄造知道福子未必是認真想送走莉莉。但他怕自己因為太掉以輕心，到頭來福子又鬧彆扭的話就麻煩了。這時候庄造不得不把膝蓋伸直，好好的畢恭畢敬的坐正，身體向前微彎，兩手放在膝蓋上擺出誠懇的姿態說：

「我說妳啊，即使知道把莉莉送過去會被那個女人欺負，妳也要這麼做嗎？這麼殘忍的話妳怎麼說得出口呢？」

庄造可憐兮兮地開口，用近乎哀求的聲音說：

「哪！算我拜託你了，不要這麼說嘛。……」

「你看，果然還是那隻貓最重要吧。莉莉的事如果你再不想想辦法，那乾脆我離開好了。」

「妳在胡說什麼！」

「因為我不想跟一隻貓被比來比去的。」

也許是因為很少發脾氣，眼淚就這麼忽然湧上來。福子像是自己也沒想到會這樣，急忙地轉過身體背向老公。

用雪子的名義所寫的那封信被送達的當天早晨，福子看過信後，一開始的感覺是，那個女人想在自己和庄造之間挑撥離間。會這樣惡作劇的人應該是個很討人厭的人吧，誰會上這種當呢。那個女人應該是覺得，我讀了她的信以後會開始擔心莉莉的存在，那麼也許就會把莉莉送給她。如果真是這樣，她一定會一邊拍手叫好一邊嘲笑我：「看到了嗎？和我一樣，妳也在跟一隻貓吃醋呢，看來妳也不是為庄造的最愛啊。」就算無法成功的挑撥離間，最起碼這封信會在我們家裡引起風波，光這樣子就夠有趣了。所以如果不想如品子的意，自己和庄造的感情就要更加恩愛，讓那個女人看看，信件這類的東西根本無法對我們兩人的感情造成任何威脅，也要讓她清楚的知道我們夫妻都一樣疼愛莉莉，絕對不會輕易放手的。……這應該是最好的方法。

但很不巧的是，這封信來的實在太不是時候了。因為這幾天福子為了涼拌竹筴魚的事情感到很鬱悶，正想要找時間好好地教訓一下老公。畢竟本來自己就不像庄造以為的那麼喜歡貓，只是一方面為了迎合老公，另一方面是為了讓品子難看，自然而然地就開始起喜歡貓了。一旦自己覺得喜歡之後，別人順理成章也都這麼認為。當時自己還沒有嫁進來，那段期間正好和婆婆在背地裡用一些手段想要將品子趕出家裡。因此嫁進來後，也一直很疼愛莉莉，盡力的扮演一個喜歡貓的角色。但漸漸地，自己卻開始蹭恨起這隻小東西。福子曾聽別人說過，這隻貓是西洋品種。以前自己以客人的身分來這裡玩的時候，莉莉都會跳到自己的膝上，牠身上的毛非常柔軟，毛色也很漂亮，無論是樣子或體型，這附近真的沒有貓能和牠相比。所以那時自己是真的打從心底覺得牠可愛，而品子那個女人竟然覺得這可愛的小東西礙眼，真是太奇怪了。可能因為她自己不被老公喜愛，所以就對莉莉充滿妒恨吧。這並不是在指桑罵槐，而是福子自己的一種感覺。

現在自己步上了品子的後塵。雖然福子知道自己在這個家的地位和品子不一樣，她也知道庄造偏愛自己。但不知怎麼地，現在的自己竟然無法坦然地嘲笑品子，真的有點不可思議。之所以這麼說，是因為庄造喜歡貓的程度和一般人不一樣，真的有一點過頭了。雖然莉莉真的非常可愛，但是用嘴對嘴的方式餵牠食物，和牠拉拉扯扯的嬉鬧（而且是當著老婆的面！），這簡直太誇張了。每到晚餐時間，貓就會闖進兩人之間湊熱鬧，老實說這真的讓人不太開心。平時晚上婆婆會很體貼的自己先吃完晚餐，然後上二樓去。對福子來說，這是可以享受兩人世界的時刻，但是那隻貓卻老是跑出來奪取老公的注意力。有時沒看到貓的身影，福子會有鬆一口氣的感覺。但是只要一聽到小茶几桌腳打開的聲音，或者是碗盤碰撞的清脆聲，那隻貓馬上就會不知道從什麼地方冒出來。偶爾如果牠沒有在晚餐時間回來，庄造還會粗魯的大聲叫「莉莉」、「莉莉」。在莉莉回來之前，他會反覆地跑上二樓查看，或是繞到後門去找，甚至會跑到馬路上去大聲叫喚莉莉。這種時候，即使福子把酒杯遞給他，跟他說「等下莉莉就會回來了，先喝一杯。」這時的庄造卻還是手足無措，整個人坐立不安。這種時候他的腦袋裡只有莉莉，絲毫沒有心思考慮老婆到底是怎麼想的。還有另一件讓人覺得不舒服的事，就是連睡覺的時候莉莉也會闖進兩人世界。庄造至今為止養過三隻貓，但是只有莉莉能夠鑽進蚊帳裡，庄造因此稱讚莉莉真的很聰明伶俐。仔細去觀察莉莉就會發現，牠是在蚊帳外面把頭貼著榻榻米，然後用力地磨蹭，就能夠順利的從蚊帳的下擺鑽進來。進了蚊帳之後牠大部分都睡在庄造的床邊，比較寒冷的時候也會躺在庄造的棉被上。最厲害的是牠會用鑽進蚊帳的方式從枕頭鑽進棉被中。以至於，這隻貓甚至能窺見夫婦兩人之間的祕密。

即使如此。福子至今仍沒有改變自己喜歡貓的形象進而討厭莉莉。她始終認為「那不過是一隻貓而已」。因為被這種驕傲自負的想法所影響，不想和一隻貓計較，所以才壓抑住心中的不滿。福子覺得庄造只不過是把莉莉當作玩具一樣，其實真正喜歡的還是自己這個老婆。對庄造來說自己才是全世界都無法取代的存在，如果因為一些奇怪的理由就胡亂猜測，只會讓自己變的廉價而已。她覺得應該要把心胸放寬，不要去憎恨那些無辜的小動物。所以福子決定改變自己的想法，然後再調整步調配合老公的興趣。可惜她原本就不是一個很有耐性的人，所以沒有辦法長久的忍耐下去，這些不愉快一點一滴不斷增加的結果，她的臉色也越來越難看。沒想到，接下來就發生了二杯醋事件。老公為了讓貓開心，把老婆討厭的食物端上桌。而且還假裝是自己喜歡吃，想要粉飾太平。……很明顯的，在庄造心中的天平上，貓的份量比較重。福子想要假裝看不見這件事，但是事實卻這麼的清清楚楚地擺在眼前，所以再也沒有藉口可以自欺欺人了。

說實話，突然收到品子的來信，雖然讓福子的醋勁大發，但另一方面其實發揮了及時壓抑的作用，才讓她的情緒沒有失控爆發。原本就算品子沒有寫這封信，福子也已經不想再繼續忍耐那隻貓了，她打算儘快地跟老公談判，然後把莉莉送過去給品子。

但是一想到送過去之後，莉莉可能會被品子折磨，福子就覺得，如果一口就答應把莉莉送過去也太便宜對方了。也就是說，目前福子正夾在對老公的不滿以及對品子的反感當中，就像個夾心餅乾，不知道該傾向哪一邊比較好。如果和老公開誠布公地討論信件的事情，那麼萬一事實不是像品子所說的那樣，就會變成是自己受到品子的挑撥，才會愚蠢的懷疑庄造。所以福子必須把信的事情隱瞞到底。至於庄造和莉莉哪一個比較比較讓福子不滿呢？品子的做法雖然讓福子生氣，但是老公的作風福子也沒有辦法忍受。尤其老公和貓每天都在眼前嬉鬧，讓她心煩意亂的不得了。最關鍵的就是信件裡面寫的「妳再不注意的話，小心連貓都會把妳踩在腳下喔。」這句話意外地觸動了自己。雖然自己覺得怎麼可能會有這麼荒唐的事。但是如果把莉莉從家裡趕出去的話，的確可以省下很多麻煩和擔憂。只是這樣一來，品子一定會非常得意。一想到這，福子就無法忍受。她寧可忍受那隻貓，也不想落入那女人設計的圈套中。今天傍晚在小茶几旁坐下來之前，福子的腦袋不停地打轉，顯得有點焦躁，但是當她一邊數著小碟子上不斷減少的小魚，一邊看著老公和貓在一旁嬉戲的畫面時，突然間火冒三丈，對於老公的憤恨也突然爆裂開來。

一開始福子只是為了讓庄造不痛快，才說要把莉莉送走。但是福子並沒有真的要把莉莉趕出去的意思。之所以會糾結這件小事以至於讓自己處於進退兩難的局面中，庄造的態度是一個很大的原因。庄造完全可以理解福子的怒氣，所以如果他放棄爭執，全然接受福子的要求，這樣一來福子得到安撫之後，情緒應該會變得好一些，也許就不需要把莉莉送走。但是庄造卻找了個爛理由來逃避問題。這是庄造一貫的壞習慣。他不喜歡的事情其實說清楚就好，可是他為了怕對方生氣所以總是拖拖拉拉搪塞對方，一直要到無路可退才會回應，然後在最後的關頭還會出爾反爾。對方乍聽之下覺得他的口氣好像是同意，但他絕對不會肯定的回答「嗯」。庄造給人的印象好像很怯懦而且不乾脆又狡猾，大部分的事情都是順著福子的意見。但唯獨這件事，他雖然像是蠻不在乎的說「不過是一隻貓而已」，但卻從頭到尾都沒有同意過。只要一想到庄造對莉莉有著超乎想像的疼愛，福子就越是無法置之不理。

「喂！老公！……」

這個晚上福子在進入蚊帳中之後又開口。

「你稍微轉過來一下。……」

「啊！我很想睡了，讓我睡覺！……」

「不行，剛剛的事情如果沒有解決的話，你別想睡。」

「一定要今天晚上談這件事嗎？明天再說吧！」

家裡的大門是四片連著的玻璃們，因為拉上了窗簾，門口的燈光模模糊糊的從店門口往裡面透進來。在朦朧中還可以看到庄造將蓋著的棉被整個掀開，以仰躺的姿勢睡著，他回完老婆的話後就翻身背對福子。

「老公！把臉轉過來！」

「拜託妳讓我好好的睡個覺吧，昨天晚上有蚊子跑進蚊帳中，所以我整夜沒睡好啊。」

「這樣的話就照我的話做。你想早一點睡的話，就趕快解決這件事」

「這太過分了吧，要我決定什麼啦！」

「你不要又想裝迷糊搪塞過去，我告訴你這是行不通的。你今天一定要給我說個清楚，到底要不要把莉莉送過去？」

「明天…拜託讓我考慮到明天好嗎？」庄造一邊回答然後又舒舒服服的呼呼大睡。

「喂！等一下」福子一喊完，忽然起身在老公的身邊坐直了身體，然後用力地往庄造的屁股掐下去。

「痛死了！妳到底在幹嘛！」

「老公！你也曾經被莉莉抓傷，而且還常常有新的傷口，難道我抓的就比較痛嗎？」

「痛啊！喂喂！妳還不停嗎！」

「這點小傷算什麼，與其讓你被貓抓，還不如讓我幫你抓遍全身。」

「痛！痛！痛！」

庄造自己也痛的急忙坐起來，一邊擺出抵抗的姿勢，口中還一邊狼狽地叫著痛。因為怕被二樓的老人家聽到，所以不敢發出太大的聲音。但是福子這回可不是用掐的而已，她又抓又捏。臉、肩膀、胸部、手臂、大腿⋯福子的攻擊無所不在，根本不放過任何部位。庄造每次慌慌張張地躲避攻擊時，「碰！」地面震動的聲音就會傳遍家中。

「怎麼樣啊？」

「拜託！…妳放過我吧！」

「醒了嗎？眼睛打開了嗎？」

「醒了醒了！啊啊好痛！全身都火辣辣的！」

「這樣的話，那現在可以回答我了吧！要送到哪裡呢？」

「啊啊好痛啊！…」

庄造沒有回答，皺著眉頭支吾其詞。

「又來了！你又敷衍我的話就試試這個！」福子伸出雙手手指用力地拍打庄造的臉頰，痛的庄造幾乎要跳起來，庄造毫不遲疑地呼喊出聲：

「好痛啊！」正當庄造哭喊的時候，莉莉忽然竄出來往蚊帳外面逃走。

「我為什麼要受這種罪啊！」

「哼！都是為了你的莉莉啊！這不是你的心願嗎？」

「妳還要再提那件蠢事嗎？」

「只要你不好好地說清楚，我就會繼續一直講。說吧，到底是要我離開，還是把莉莉送走！你選哪一個？」

「是誰說要妳走這種蠢話？」

「這麼說來，那就是莉莉要走囉？」

「這種要誰走的問題沒辦法決定啊。」

「不行，我一定要你做個決定。」福子說完朝庄造的前襟開始推扯撕拉。

「好了誰走！快回答我！快一點！快一點！」

「妳怎麼會這麼野蠻呢？」

「今晚無論如何我都不會放過你，快一點！快回答我！」

「唉唉，算了，真是拿妳沒辦法，就如妳的意把莉莉送走吧！」

「你說的是真的嗎？」

庄造把眼睛閉上，擺出一副死心的表情說：

「但是我有條件，請讓莉莉再留一個星期。或許我這麼說妳又會生氣，但牠畢竟只是隻畜生罷了。而且也待在這個家裡十年了，沒有道理今天決定之後就馬上把牠趕走。所以至少讓牠再留一個星期，讓我心裡不要有任何遺憾。這期間請妳準備一些牠愛吃的，盡可能為牠做些什麼吧。怎麼樣？可以嗎？妳也趁這段時間消消氣多疼愛牠一點吧！畢竟貓的執念是很深的。」

聽到庄造連討價還價都沒有，自然流露的說出這麼沉重的話，福子也不忍心再反對。

「所以就是一星期喔。」

「知道了。」

「把手伸出來。」

「幹嘛？」

趁著庄造問話的空檔，福子迅速地和庄造打了勾勾約定。

「媽！」

經過那晚的兩三天之後的一個傍晚，趁著福子去公共澡堂不在家，輪到看店的庄造一邊叫著母親一邊往家裡面走進去。母親正在小餐桌旁用餐，庄造走到她身邊很彆扭的半蹲下來。說：

「媽，我有事想拜託妳。……」

母親每天的早飯都是自己單獨烹調，她用砂鍋煮出來的飯粒像稀飯一樣軟綿，等到飯完全冷了之後再用碗裝起來，配著鹽昆布一起享用。餐桌旁母親駝著的背像是要覆蓋住整個餐桌似的。

「那個，福子忽然說討厭莉莉，想把牠送到品子那裡。……」

「前幾天不是鬧得很厲害嗎？」

「媽妳知道了？」

「半夜發出那種聲音，害我以為是地震呢。那個，就是為了這件事吧。」

「對啊！媽妳看⋯」庄造說完把兩手袖子都捲起來，露出手臂。

「妳看，兩手都是紅色的抓痕和瘀青，連臉上也都還有痕跡呢。」

「為什麼吵成這樣呢？」

「就吃醋啊！⋯簡直就是笨蛋！說是因為我太過寵愛貓所以忌妒。這不知道是什麼道理。簡直就像瘋了一樣。」

「品子之前不是也說過嗎？像你那樣子寵貓，不論是誰都會吃醋吧。」

「哼⋯。」

庄造從小就有跟母親撒嬌的習慣，即便已經這麼大了，還是沒能把這習慣改掉。只見庄造像小孩一樣板著臉鼻孔脹大，一臉不高興的出聲。

「⋯媽，關於福子提的事情，妳可不能都站在她那邊幫她說話啊。」

「我說你啊，不管是貓還是人，不能只喜歡外面的那一些啊。你沒把剛嫁過來的老婆放在心上，福子當然一定會覺得不舒服啊。」

「這真的太奇怪了。我一直都有把福子的事情放在心上啊。我可是把她放在最重要的位置呢。」

「如果你沒有做錯事的話，為什麼要聽福子說那些無理取鬧的話呢。我也從她那裡聽到這些話了喔。」

「咦？她什麼時候跟妳說的？」

「昨天說的。⋯⋯她受不了莉莉繼續待在這個家。說要在五、六天之後將莉莉送到品子那裡去。她說你們已經約定好了，是真的吧？」

「那是⋯⋯雖然是約定好了，但是我真的不想把莉莉送走，有沒有辦法讓這件事情無法順利進行啊？所以我才想來拜託媽。」

「這樣啊。可是福子說如果你不遵守約定好的事，她就要離開，這可不行。」

「她根本就是在嚇唬妳啦。」

「也許只是嚇唬，但是你為什麼不在這真的發生之前聽她的話呢？如果你又囉哩囉嗦違反約定的話……」

庄造擺出一副說不下去的表情，嘟著嘴低下頭。照母親的說法，目前福子的情緒應該是已經平靜下來了，但是眼下的情勢對庄造來說，已經完全失去控制了。

「依照福子的個性，如果把事情搞砸了，她可能真的會離開。雖然也不是不行，但是到時候如果人家覺得你放著老婆不管只疼愛貓，不想把女兒嫁過來的話要怎麼辦呢，我可是比你還要頭痛啊！」

「這麼說，媽果然也贊成將莉莉趕出去嗎？」

「因為不這麼做不行啊。總之無論如何就是要先讓福子消氣，所以一定要把莉莉送到品子那裡。我們先這樣做，之後再找機會，等她心情回復之後把莉莉要回來吧。」

哪有這種事，送給人家的東西怎麼可能再要回來，又怎麼有臉接受呢？這些道理當然都懂。但就像庄造向母親撒嬌一樣，母親也對自己的兒子的個性很了解，她習慣性地先安撫，半哄半騙的處理兒子的事情。然後不管什麼事，到最後反正這孩子都會照自己安排的去做。

這個時節，年輕人都已經穿起斜紋布了，但是庄造的母親還是只穿著夾衣，外面披著薄棉製的外衣，腳上穿著針織的襪子。她的個子瘦瘦小小的，看起是一副沒有活力的老太婆的樣子，但是其實她的腦子出乎意外的精明，無論是說話或做事都非常的圓融周到。附近的人都覺得「媽媽比兒子可靠多了。」關於品子被趕出去這件事，其實就是庄造的母親在掌控著一切，所以有人說，其實庄造本人對品子還餘情未了。也因為這種種事情，附近的人們都很討厭庄造的母親，大多數的人都覺得品子很可憐。庄造的母親聽到這樣的話很不以為然的說：「再怎麼不受婆婆的喜愛，只要兒子能喜歡她也不至於被迫離開，說到底還是因為被老公討厭罷了。」原來如此，但就算是這樣，如果不是因為庄造的母親和福子的父親兩人聯手，憑庄造自己絕沒有勇氣和手段逼走老婆，這也是一個不爭的事實。

庄造的母親和品子不知道為什麼，打從一開始就相處得不是很好。個性好強的品子，凡事都很小心盡量不出錯，儘管已經十分周到的服侍婆婆，但她小心翼翼面面俱到的做事方式，卻讓母親很不喜歡。雖然品子並沒有什麼地方做得不好，但是母親似乎不太願意讓媳婦照顧自己，母親說那是因為品子缺乏溫柔體貼的氣質，無法打從心裡關心老人家。其實不論婆婆還是媳婦，兩人都是穩重可靠的性格，這也是兩人不和的原因。儘管如此，在品子剛嫁過來的一年半裡，表面上看起來好像相安無事，但就從那時候開始，婆婆凜子說媳婦不討人喜歡，於是經常往來哥哥家，也就是庄造的大伯中島位於今津的住處。凜子經常一住就是兩三天。有時候住的時間久了，品子去探望她，凜子會叫她回去，讓庄造過去接自己回家。等庄造去接母親的時候，伯父和福子會想辦法把他留下來，有時候連晚上都不回去。庄造雖然隱隱約約能感受到似乎有什麼計謀在進行，但他卻任由福子邀約，一下子去甲子園看球賽，一下去海水浴場，然後又去阪神公園。……不管哪裡只要福子邀約，他都跟著到處晃。就在這樣悠閒的遊樂時光中，庄造和福子之間漸漸產生出一種微妙的感情。

庄造的伯父在今津的市區有一家小工廠，專門經營製造販賣和菓子的生意。不只如此，在國道沿線還有幾間房子租給人家，生活可以說是相當富裕。福子的事，大概是他父親目前最感到棘手的問題了。也許是因為福子早年就喪母的關係，連女學校都只上到第二年就不讀了。不知是被退學還是自己不唸了，之後生活過的風風雨雨不是很順利。有兩次甚至離家出走，還登上神戶的報紙版面。所以就算她父親想讓她結婚安定下來，也很難找到對象，而福子自己也不想嫁給窮酸的人家。就因為這些事情，福子的父親更覺得一定要盡早把女兒的婚事定下來，為此非常著急。父女倆的這一切都落在了凜子眼中。凜子一向都把福子當作自己的女兒看待，也了解她的個性。她覺得福子雖然有些粗枝大葉但這一點問題不大。至於品行不太好，這一點雖讓人有些頭痛，但幸好年紀大了已經有判斷能力，只要結了婚決不會外遇什麼的。而且，與她所能帶來的好處相比，那些根本不是什麼大問題。福子擁有兩間國道的出租屋，房租是六十三日元。依照凜子的盤算，福子的父親在兩年多前將房子過到福子名下，光是兩年來存下的本金就有一千五百一十二日元。這些嫁妝會跟著福子一起進門，再加上將來每個月還會陸續進帳六十三日元，如果將這些都存到銀行裡，只要十年就會是一筆不小的財產。這正是凜子最大的目的。其實凜子年紀大了，將來的日子所剩不多，貪這點錢也沒有意義。她只是擔心一事無成的庄造將來的日子要怎麼過呢？一想到這個，凜子又覺得自己實在難以安心闔眼啊。因為往阪急的新國道開通之後，位於舊國道旁的蘆屋這裡日漸荒涼蕭條，所以沒有理由一直待在這裡守著雜貨店。想要換個地點經營的話只能將現在的店賣掉，賣掉了之後要在哪裡怎麼開始，目前一點盤算都還沒有。加上庄造天生就是悠閒的個性，有錢沒錢都不在乎，對家裡的生意也全無興趣。其實庄造十三、四歲的時候也半工半讀過，晚上上課之餘，白天也在西宮的銀行打雜。

也到青木的高爾練習場當過桿弟。年紀大一點之後，也進過廚房當助手，但無論哪個行業都做不長久。當時他正想偷懶一陣子，碰巧因為父親過世，於是就接手現在的雜貨店成了老闆，店裡所有的事情卻是都託母親處理。不管怎麼說，一個大男人在工作上明明有很多機會和選擇，但是庄造卻只想在國道旁開一間咖啡店。他為此曾經跟伯父要資金，結果卻被唸了一頓。在那之後他除了逗逗小貓，打打球，種些盆栽以及在便宜的咖啡館裡和女人調笑之外，一直無所事事。在距離現在大約四年前，庄造二十六歲的時候，經由經營塌塌米店的塚本介紹，娶了品子進門。品子原本在山蘆屋的豪宅裡工作。結婚的時候雜貨店的生意已經不太好，每個月為了資金的調度焦頭爛額。現在住的房子是從庄造祖父母那個時代開始租下的，因為長久以來的交情，雖然暫時可以安穩的住著，但是每坪十五錢的地租，也已經兩年沒交了。積欠的房租累計起來也有一百二、三十元，這根本不是短期間內能償還的金額。品子在嫁入這個家裡後，了解到庄造根本無法依靠，於是開始幫別人做衣服或其他事來貼補家用，甚至還動用了自己婚前好不容易存下的嫁妝，但那些錢也只能撐一陣子。因為看到品子對這個家的付出，所以附近的人都覺得這一家人把品子趕出去簡直是殘忍又無情，難怪所有人都同情她的處境。但是站在凜子的立場，自己也是為了解決家裡的窘境才不得不做這個決定。嫌棄自己的媳婦生不出小孩是有點刁難，但這時候用來當藉口最合適了。

至於福子的父親也覺得這件事不但能讓女兒安定下來，還能幫助外甥一家，對雙方都有利。福子父親贊同的想法更是讓凜子的計畫進行的毫無後顧之憂。

因此福子和庄造會走到一起也都是福子父親和凜子一起合謀的結果。其實說起來，就算沒有品子這件事，庄造本身就是個人見人愛的男孩子。他的人緣本來就很好，雖然談不上是特別英俊，但是身上那一股帶著孩子氣的天真，再加上溫和親切的氣質的確很受歡迎。以前在當桿弟的時候，往來的紳士和夫人們都相當喜歡他，遇到年節的時候庄造收到的禮物一定比別人多。在咖啡店裡也是格外有人緣。凜子還記得他只要身上有一點小錢就可以在外面混很久，所以同時也養成了遊手好閒的習慣。因此無論如何，以凜子的立場來看，自己已經花了許多心思讓兒子娶這個有錢的新娘進門，兒子和自己得拚命討好她，絕對不能輕易的讓她跑了。至於貓的事情，從一開始就不是問題。不，其實說來，凜子自己也有一點受不了那隻貓。原本庄造在神戶的西餐廳工作，莉莉就是他回蘆屋時帶同來的。家裡因為有了莉莉以後變得很髒，凜子跟庄造抱怨過，他卻說這隻貓絕不會隨地大小便，莉莉想上廁所時一定會進貓沙箱中。雖然凜子相當佩服，但莉莉即使在外面，想上廁所時還要特地跑回家的這一點，卻讓家裡的貓沙箱非常臭，那種臭味瀰漫在整個家裡。再加上莉莉的屁股旁邊都會沾著貓砂，在家四到處走來走去時總弄得塌塌米上到處都是沙粒。如果遇到下雨天，那種臭味更是瀰漫在整間不通風的屋子裡，簡直讓人怒火中燒。而且雨天莉莉從屋外進來時，踩著泥濘的步子直接進屋內，髒兮兮的貓腳踩的屋裡到處都是印子。這時凜子發火，庄造又會說這隻貓和人一樣聰明，連紙門、紙窗、拉門都能打開自己進門，這麼聰明的貓真是太珍貴了。但是畜生的可惡之處就是，牠只管開門卻不會關門。所以天冷的時候當牠進屋，凜子就得跟在牠後面把牠開的門窗一一關起來。其實這些都不是什麼大問題，但是屋裡的紙窗都是洞，拉門和木板門上也到處都是她的抓痕。另外讓人困擾的是，不論是生食或燉煮過、燒烤的食物都要小心，不能隨便放在旁邊，只要一不留意，馬上就被吃掉了。就算是在準備碗筷的那一小段時間也不能大意。食物只能放在碗櫥或是餐桌罩中。不不不，更過分的是，這隻貓雖然善於處理自己的屁股，但卻無法管住自己的嘴，牠經常嘔吐。庄造只要一開始和牠玩鬧，就會不知不覺的一直餵食，導致牠吃得太撐。飯後收拾茶几的時候，就會看到地上一堆貓毛，吃一半的魚頭魚尾巴也掉的到處都是。在品子嫁過來之前，廚房的維護和清潔工作都是凜子在做，為了莉莉的事她也吃了不少苦頭。她忍耐至今，是因為曾經發生過一件事，大概在五、六年前，凜子強勢的說服庄造，將貓送了給崎阜縣尼崎的一家蔬果商。大概過了一個月之後，有一天那隻貓忽然自己回到藁屋的家裡。如果是狗，那當然沒什麼稀奇，但是一隻貓因為想念主人，因而自己走了五、六公里的路程回家，那可真是教人同情。在那之後庄造對那隻貓的疼愛更是有增無減。至於凜子到底是因為同情呢？還是覺得有點毛骨悚然呢？總之，從那之後凜子就不再對莉莉的事多過問。之後品子嫁了過來，品子討厭那隻貓的理由和福子一樣：欺負新媳婦。反正，凜子也不喜歡這個媳婦，所以當時莉莉的存在反而為凜子帶來了許多方便。凜子也因此會不時幫莉莉說幾句好話。所以當庄造看見母親忽然為福子說話，要趕走莉莉的樣子，才會覺得吃驚而無法接受。

「但是，把莉莉送過去的話，莉莉又會跑回來吧。畢竟牠當初也從尼崎自己跑回來啊。」

「就是啊！不過這次不是完全是不認識的人，雖然不知道會怎麼樣，但是如果又跑回來，就再把牠送過去就好了嘛。總之先送走吧。」

「啊啊！怎麼辦啊，真頭痛啊！」

庄造頻頻地發出嘆息，他還在試圖想要討價還價，但這時候外面傳來腳步聲，福子從澡堂回來了。

「塚本，你知道該怎麼做吧，動作盡可能地輕一點，不要用力搖晃喔。就算是貓也會暈車喔。」

「你已經說了好幾遍了，我知道啦。」

「那麼就麻煩你了。」庄造說完，拿出一包用報紙包著的小小扁平的小包。

「馬上就要分開了。我本來想讓牠在離開時吃一些喜歡的食物，但在搭車前吃東西的話，只會讓牠更難過而已。這個是……因為這隻貓喜歡吃雞肉，所以我自己幫牠準備好，已經用水煮過了，到了那邊請你跟主人說直接餵牠吃吧。」

「沒問題。一切都會很順利的，所以請你放心，要是沒有別的事我就先走了。」

「等，請等一下。」庄造說著又打開裝著莉莉的籃子，再一次把莉莉緊緊的抱起。

「莉莉。」庄造一邊喊著一邊摩擦著莉莉的臉頰。

「你啊，到了那邊可要好好聽話知道嗎？不能像以前一樣欺負那邊那個人喔。你乖乖的，她就會疼愛你照顧你，你就什麼都不用怕了好嗎？知道了嗎。……」

一向不喜歡人抱的莉莉被庄造抱得很不舒服，用腳踢了兩、三下。被放回籠子裡之後，好幾次都試圖去撞籃子，但是似乎也出不去所以只好放棄的樣子。這時四周忽然變得安靜下來，顯得整個離別的畫面更加感傷。

庄造雖然很想送莉莉到國道的公車站，但福子嚴格的控制了他的出入自由，從今天起的這段期間內，除了公共澡堂之外他哪裡都不能去。所以，塚本接過貓籃子離開之後，庄造就一副失魂落魄的樣子，一個人孤單的坐在店門口。福子禁止他外出的理由，雖說是怕庄造太擔心莉莉，會不知不覺跑到品子家附近去。但其實庄造也有一點擔心自己會這樣做。就這樣，這對粗心又糊塗的夫妻在把貓交出去之後，才開始了解品子這個女人真正的用意。

「原來如此。品子只是把莉莉當成誘餌，想利用我對莉莉地的思念，把我引過去。如果自己去她家附近徘迴被發現了，她也可以趁機對自己說一些甜言蜜語來挽回是吧」。…當庄造了解到這一點時，對品子陰險狡詐的心思更加痛恨，同時也覺得被當成道具的莉莉真的很可憐。現在庄造唯一的希望，就是期望莉莉能像以前從尼崎逃回來那次一樣，從品子位於阪急六甲站的家逃回自己身邊。

水災之後塚本的工作變得非常忙碌，本來約好是晚上過來把貓帶走，但庄造卻硬是拜託他早上來載。因為庄造覺得如果在白天被帶走的話，莉莉比較容易記得路，這樣逃回來就容易多了。庄造心裡是這樣打算的，同時他也回想到當初莉莉從尼崎回來那個清晨的事情。那是一個仲秋的早晨。有一天，在天色漸亮的時候，睡著的庄造耳邊忽然聽到熟悉的「喵」、「喵」的貓叫聲而醒了過來。那時還是單身的庄造睡在二樓，母親凜子睡在樓下，由於天色還早，所以遮雨板還沒打開。但是只要一靠近窗戶就可以聽的到「喵」、「喵」的貓叫聲，那聲音彷彿是在夢中叫喚似的。一想到那可能是莉莉的聲音庄造就再也忍不住了。一個月前莉莉被送到尼崎去，這個時候應該不會在這裡出現才對。但是越聽越像莉莉的叫聲，耳邊傳來踩在白鐵皮屋頂的嘎吱嘎吱聲，那聲音一直傳到窗戶外面，庄造不論如何都要看個明白，所以忽然跳了起來，打開窗戶的遮雨板一看，一隻貓在屋頂上走來走去，雖然骨瘦如柴，但的確是莉莉沒錯。庄造簡直不敢相信自己的眼睛。

「莉莉！」庄造一叫出莉莉的名字，

馬上傳來一聲「喵！」

莉莉那雙大大的眼睛彷彿非常開心的樣子，抬頭睜大雙眼看著庄造。接著往庄造站著的窗戶下方靠過來。只是當庄造伸出手想要抱起莉莉，牠卻毫不遲疑地往兩、三尺外的方向跑走。但是也一直沒有離開太遠。

庄造只要一叫「莉莉！」

牠馬上就會「喵！」的回應然後靠過來。然而當要被抓住的時候，莉莉又會一溜煙地逃開。庄造對於貓的這項特質一直都喜歡的不得了。儘管是排除萬難特地回來的，但是因為太想念了吧，當莉莉回到懷念不已的家，見到許久不見的主人時，忽然有一點害羞靦腆。所以當庄造想要抱住牠時，莉莉就躲開了。這有一點像是撒嬌的動作，另外就是因為一陣子沒見了，所以有點尷尬難為情。就這樣，莉莉在屋頂上徘徊著。庄造每次一呼喚牠，牠也會馬上回應一聲「喵」。庄造一開始並沒有發現莉莉變瘦了，等他更接近的看了，才發現莉莉和一個月前相比，不僅毛色的光澤變差，連頭部周圍以及尾巴周圍都沾滿了泥濘。而且身上到處都黏了芒草花穗什麼的。聽說莉莉去的那間蔬果店也是很喜歡貓的人家啊，應該是不會虐待莉莉。很明顯的，這隻貓自己從尼崎回來，路途上不知遇到多少艱辛和困難才回到這裡。莉莉在這樣的時刻抵達家裡，肯定是昨晚不斷連夜趕路的結果。也許不只一晚，也許有更多更多的夜晚都是這麼度過的。可能幾天前牠就逃出了蔬果店，在經過許多地方不斷迷路之後，才終於回到了這裡。看牠身上沾到的芒草花穗就知道，牠並不是順著住宅區的街道沿路過來的。但是貓是非常怕冷的動物啊，清晨和夜晚的風吹在身上是如何的冰凍啊。再加上現在又是村子裡陣雨多的季節，想必一定經常為了避雨躲進草叢裡，或者因為被狗追而逃進到田裡，過著有一餐沒一餐的口子，然後才終於回到這裡吧。一想到這裡，庄造只想快點把莉莉抱進懷裡好好安撫牠。於是不斷地把手伸出窗外，過了一段時間後，莉莉終於也開始羞澀的慢慢磨蹭著靠過來，任由主人抱住牠。

後來詢問過尼崎那間蔬果店才知道，原來莉莉是大約一個星期前在尼崎不見蹤影的。至今庄造都還無法忘記那個清晨所聽到的貓叫聲和莉莉當時的模樣。不僅如此，關於莉莉還有其他許多有趣的事。像是在不同的時刻牠臉上表現出的不同表情，發出不同的聲音等等。這些記憶以及許許多多的畫面，都深深地留在庄造的腦海裡。比如庄造依然清楚的記得，最初把這隻貓從神戶帶回家那天的情形。那是最後一次以伙計的身分跟神港軒（店家）請假回蘆屋的時候，當時他剛好二十歲。也就是父親過世那一年，正逢做四十九天的法事的時候。在養莉莉之前，庄造曾經養過一隻三毛貓，在牠死掉之後又養了一隻叫做小黑的全黑公貓。一開始庄造把貓養在廚房。後來認識的肉舖老闆說他那裡有一隻可愛的歐洲貓，過了沒多久他就把剛出生三個月的小母貓送給了庄造。……也就是莉莉。後來庄造有空要回蘆屋時，把小黑放在廚房裡請其他人照顧。但對小母貓卻是捨不得放手，乾脆和行李一起放在商店的手推車角落裡，一起運回了蘆屋。

據肉舖老闆說，英吉利人好像稱這種的貓叫做玳瑁貓。在一身的茶色中遍布黑色的斑點，看起來光滑又明亮。原來如此，那光澤的樣子就如同玳瑁的表面一樣。不論如何，庄造以前從未養過毛色如此華麗，惹人憐愛的貓。歐洲的貓種和日本貓不一樣。日本貓都聳著肩看起來很兇，歐洲貓的線條比較像是斜肩的美人，肩膀比較下垂，給人一種清爽明快的感覺。臉的大小也不一樣，日本貓的臉大多比較長，眼睛下面有一點凹陷，顴骨比較高。但是莉莉的臉比較短，有一點像蛤蜊倒過來的樣子。在比例恰好的輪廓中，有一對美麗出色的金色眼瞳，以及不斷神經質抽動著的鼻子。庄造被這隻小貓吸引的原因，並不單單是因為美麗的毛色或是長相、體型等等。如果單就外觀，庄造知道還有其他更美麗的波斯貓、暹羅貓。而莉莉討人喜歡的原因是因為性格。牠被帶回蘆屋的那時候真的非常小，小到幾乎可以站在手掌上的程度。但這小貓竟然會調皮搗蛋，簡直就像七、八歲小學一、二年級的小女孩一樣喜歡惡作劇。而現在的莉莉身形更加靈活，吃東西的時候庄造會將食物捏住高舉到頭上，莉莉甚至可以跳到三、四尺的高度。如果庄造坐著，那麼莉莉很輕易就能抓到食物。所以庄造經常在莉莉吃飯時站起來餵牠，就是這樣才開始訓練莉莉玩那些雜技的。庄造會用筷子的前端夾著食物往三尺、四尺、五尺的高度移動，只要被莉莉抓到了就再把高度往上移。到最後莉莉甚至能跳到庄造和服的下襬上，然後再往胸部，肩膀俐落迅速地爬上去，就像老鼠在橫梁上竄過去的樣子，快速地跑過手臂往筷子的前端而去。有的時候牠也會跳到店裡的窗簾上，再繼續往天花板的方向腳步不停地攀上去。從這一頭爬到那一頭，然後再抓住窗簾攀爬下來。這樣的動作彷彿水車不停反覆轉動一般。再加上莉莉從小的時候表情就非常靈活生動，會運用眼睛，嘴吧，鼻子的抽動以及呼吸等等來表達心情的變化，這一點根本和人類沒有差別。特別是那雙水汪汪的大眼睛，總是靈活的咕嚕轉動著。撒嬌的時候、惡作劇的時候、盯上某個東西的時候、無論何時都是那麼的天真可愛。最有趣的是牠生氣時，雖然身體瘦小，但還是會像別的貓一樣把背拱成圓狀，全身的毛都倒豎起來，尾巴直直地彈起，然後用力的張開雙腳瞪著對方。那姿態真的很像小孩學大人的樣子，不論誰見了都會哈哈大笑。

然後庄造又回想起莉莉第一次生產的時候。牠那彷彿訴說著千言萬語的柔軟目光讓庄造至今都無法忘記。那是在來蘆屋之後半年左右的事。一天早晨，莉莉似乎是察覺自己即將要分娩，所以不停的喵喵叫著，一直跟在庄造後面。庄造把舊的坐墊鋪在汽水的空箱子裡，然後把箱子安置在壁櫥深處。他把莉莉抱進壁櫥裡，莉莉雖然在裡面待了一下子，但馬上又拉開紙門自己跑了出來，再次喵喵叫的跟著庄造團團轉。那是庄造至今為止都未曾聽過的叫聲。雖說是一樣的「喵」，但在那聲「喵」當中，彷彿包含了從未有過的異樣情感在裡頭。要形容的話，像是在說「啊啊，怎麼辦呢？我的身體好像突然變得不一樣了，我有預感好像就要發生什麼不可思議的事了，我從來沒有過這種感覺。喂！你告訴我是怎麼回事好嗎？你一點都不擔心嗎？」庄造彷彿聽見莉莉這麼說著。於是庄造回答。

「不要擔心，莉莉馬上就要當母親了哪！」

汪造一邊說一邊安撫的摸著莉莉的頭，牠前腳搭在庄造的膝蓋上，就像是被庄造摟著的樣子。

「喵！」莉莉叫著像是拚命想要理解庄造的話，眼珠子害怕得咕嚕咕嚕轉著。之後庄造又再一次將莉莉抱進壁櫥裡面，放進箱子裡的時候，庄造靜靜地對莉莉說：

「乖乖地待在這裡好嗎？不能出來喔，知道嗎？」

然後要將紙門關上時，又聽到傳來莉莉「喵」的叫聲，像是在說：

「等一下，請你留在那裡好嗎。」

那叫聲聽起來像是悲傷的哭聲。於是庄造被這聲音給絆住了。他悄悄打開細細的眼睛偷偷看了一眼，只看到堆滿了箱子、行李包袱種種雜物的壁櫥中，從最深處的空箱子裡探出一顆頭來「喵」了一聲，然後看向庄造這邊。庄造當時想著，明明只是隻畜生為什麼會有充滿愛意的眼神呢？雖然覺得非常的不可思議，在壁櫥昏暗的深處閃著光芒的那雙眼睛，不知何時起，早已不再是那隻會惡作劇的小貓了。這一瞬間，莉莉的雙眼中流露著說不出的嫵媚、風情、哀愁，已經完全是一隻成年母貓的眼神了。庄造沒有看過人類女性生產，如果產婦是個年輕美人的話，一定也會像剛剛莉莉一樣，睜著含怨又痛苦的大眼睛叫著自己的老公吧。庄造幾度拉上紙門想要起身離開，但卻又忍不住跑回來偷看。每一次都會看見莉莉的頭從箱中冒出來。像是小孩在玩「躲貓貓」似的看向庄造這邊。

那已經是十年前的事了，品子嫁過來的時候差不多是四年前，也就是說，在品子嫁入這個家以前，在長達六年的時間裡，蘆屋的家中二樓，除了母親凜子之外，每天只有這隻貓和庄造一起相伴生活。因此那些不了解貓的人說什麼，貓比狗要無情啦，貓不好親近啦，貓比較利己主義等等的話時，庄造心裡都會覺得不以為然：「你們不像我一樣有長時間和貓單獨相處生活的經驗，又怎能了解貓有多可愛呢？」庄造會這麼想是因為，貓這種生物大多有幾分害羞靦腆，當有第三個人在場的時候，決不會向自己的主人撒嬌，反會表現出漠不關心的舉止。莉莉剛來這個家見到母親時，庄造叫牠時也會裝作沒聽見然後逃走。但當他們單獨相處的時候，即使不用叫，牠也會往庄造的膝蓋上攀過來討好自己。莉莉經常用牠的額頭蹭庄造的臉頰，用力的把頭推過來，然後還一邊用粗糙的舌頭毫不嫌棄地往庄造的臉頰、下巴、鼻頭、以及嘴巴附近都舔一圈。晚上一定窩在庄造身邊睡覺，早上也一定舔庄造的臉叫他起床。天氣冷的時候，莉莉會鑽進被窩裡，有時從枕頭的方向爬進來。為了找到一個睡覺的好位置，莉莉會溜進庄造懷中、或是爬到腿間、甚至繞到背後去找位子，一直到牠終於找到可以睡好覺的位置，才肯安靜躺好。一旦牠覺得不舒服了，又馬上開始改變姿勢和位子。說到底牠睡起來最舒服的角度就是將頭靠在庄造的手臂，臉靠著庄造胸口，也就是和庄造兩人面對面的睡姿。但是只要庄造一有什麼動靜，牠一察覺不對勁，就會緩緩地移動身體，或者又另外找別的位置。所以庄造只要發現莉莉鑽進被窩，就會自動自發地把一隻手臂放在枕頭上讓莉莉躺，睡覺時也盡可能的姿勢擺好不要亂動。這時他的另一隻手臂也成了莉莉最喜歡的地方。庄造只要用手輕輕地撫摸莉莉的脖子，牠就會馬上發出呼嚕呼嚕滿足的叫聲。然後去輕咬著庄造的手指頭、用爪子撓他、流口水，這些都是莉莉興奮時的小動作。

話說有一次庄造在被窩裡放了一個響屁。結果睡在被窩裡的莉莉嚇得睜開眼，牠以為是什麼可疑的傢伙躲在某處發出奇怪的聲音，牠帶著審視的眼光來回看著，然後快速地開始在被窩裡搜尋聲音的來源。又有一次庄造嫌莉莉煩了，就強硬地把牠抱開，結果牠從庄造手中跑走，順著庄造的身體往下溜，然後同時傳來一陣非常臭的瓦斯味，當然是正對著庄造的臉。還有一次，那是在晚餐之後，莉莉吃飽喝足的躺在一邊，肚皮撐得像要破了似的鼓起來，這時庄造忽然雙手用力地往牠肚子壓下去，說起來也是庄造運氣太差，這時莉莉的肛門正好在庄造的臉正下方，所以當庄造的手一用力壓下去，莉莉腸子裡的氣體就一直線的衝出來。⋯⋯說起那臭味，就算再怎麼愛貓的人都會「哇！」的一聲馬上把牠往地上丟。傳說中鼬鼠保命時放出的恐怖臭味，恐怕就是這種味道吧。那是一種歷久不消的臭味，一旦傳達到鼻尖，無論你怎麼擦怎麼洗，用多少香皂，那味道一整天也無法消散。

庄造為了莉莉的事和品子吵架時，經常用諷刺的語氣說「我和莉莉可是臭味相投的夥伴呢。」畢竟他們一同生活了十年，就算只是一隻貓，但以緣分深淺來看的話，莉莉對庄造來說，真的比福子和品子來的更加親密。事實上和品子一起生活的時間，雖說大約四年，但實際上只有兩年半左右。至於福子，從進門至今也只有一個月而已。這樣看來，長年和庄造一起生活的莉莉，在庄造的許多回憶裡都占有重要的角色。幾乎可以說莉莉已經是庄造過去的一部分了。所以至今要庄造對莉莉放手，他當然覺得痛苦，這也是人之常情啊。至於關於別人對他的評論，說什麼他很奇怪啦，他是貓奴啦。庄造覺得，那些人根本就沒有任何立場說這種荒謬的話。

所以，當庄造面對福子的脅迫和母親的說教時，居然沒有極力爭取就乾脆放棄，以至於將最重要的夥伴拱手讓人，對於自己在這件事上所表現出的懦弱無能，庄造不禁痛恨自己的不爭氣。自己為什麼不能坦蕩蕩的，更有男子氣概的試著跟福子和母親講道理呢？為什麼無論面對福子或是母親，自己都無法更加堅定立場呢？即便做到了這些，到最後可能還是以同樣的結局收場。但現在什麼都不努力不反抗的話，根本對不起自己和莉莉之間那些年的情分啊。

如果莉莉當年被送到尼崎的時候，沒有毅然決然地回到這個家，如果那時莉莉也同意自己被送給別人的話，當時應該就能乾脆地放棄了吧。可是就在那個清晨，當他抓到在屋頂上哭叫的莉莉，一邊磨蹭臉頰一邊抱起牠的那一瞬間，自己在心裡喊著：「啊啊～你真的太可憐了，我對你太殘忍了啊，我真是個無情的主人，以後無論發生什麼事我都絕不會再這樣做了，到死我都會將你留在身邊。」……這些話不只是庄造在心裡發的誓言，同時也像是他和莉莉之間做出的強烈承諾。

而如今莉莉又再度像上次一樣的被趕出去，庄造一想到這點，覺得自己做了一件非常薄情寡義又殘忍的事，一時之間百感交集。令人不捨的是，這二、三年來莉莉的身體狀況已經明顯的露出了歲月的痕跡，無論是身體的動作、眼神和毛色的光澤等等，都清楚看得出衰老的跡象。不過這也是合理的，當年庄造將牠裝在推車上帶回家時，自己都還是個二十歲的小夥子而已呢，而明年庄造都要三十了。以貓的壽命來說，牠們十年的時光差不多是等同於人類五、六十年的光陰。如果這樣想來，好像就能理解莉莉為何不像以前那樣充滿了活力。但是小傢伙爬上窗簾頂端表演走鋼絲耍雜技的樣子，彷彿就像在昨天而已呢。庄造看著現在的莉莉，腰圍明顯瘦了很多，走路的時候低著頭搖頭晃腦，他忽然領悟了什麼叫世事無常，一股說不出的悲傷湧了上來。

要如何說清楚莉莉的衰老呢？從幾個實際的例子可以看的出來。比如說往上跳這個動作就退步很多。當莉莉還是隻小傢伙的時候，牠可以身形優雅的跳到庄造的高度，然後姿勢完美的咬到食物。而且還沒等到牠肚子餓，不管什麼時間，只要看到有任何食物在牠前面耍弄，牠就會直接往上跳。但是上了年紀之後每一次往上跳的弧度都少了些，高度也低一些。到了最近，即便是空腹的時候讓牠看到食物，牠都還要先確認一下是喜歡吃的，才願意往上跳。即使這樣，也只能跳到頭上一尺左右的高度，再高就上不去了。如果太高的話，牠會乾脆放棄跳躍，改爬到庄造的身上再撲過去。當連這樣做的力氣也沒有的時候，牠會露出很想吃的樣子抽動著鼻子，然後用牠那特有的可憐兮兮的眼神看著庄造，就像是太了解主人軟弱的個性似的，用那雙眼睛對他說：

「喂！看看我是多麼的可憐啊！我肚子餓得要命，雖然也很想跳上去咬食物，但我年紀大了，實在是沒有辦法像以前一樣了。喂！拜託一下！別那麼殘忍嘛！快點把食物丟下來好嗎！」

說起來品子也曾露出像這樣悲傷乞求的眼神，但卻無法打動庄造。不知道為什麼莉莉的眼神卻讓他有一種說不出來的可憐。

莉莉還小的時候，眼神是那麼開朗活潑天真可愛，是什麼時候起染上這樣悲傷的顏色呢？說起來應該還是牠第一次生產的時候。當牠從壁櫥深處的汽水空箱裡冒出頭，不知所措的看著庄造時⋯從那個時候起牠的眼神就開始壟罩著一層悲傷。再加上後來年紀越大漸漸地那樣的神色也越來越濃。庄造常常邊盯著莉莉的眼睛看邊想著「再怎麼聰明伶俐也不過是一隻貓而已，怎麼會有一雙那麼會說話的眼睛呢？難道真的是想著什麼難過的事嗎？」庄造之前也曾養過一隻叫小黑的三毛貓，不知道是不是因為比較笨的關係，牠從不曾在小黑身上看到過那樣的眼神。話雖如此，倒也不是因為莉莉的個性比較陰鬱。牠小的時候甚至還像個野ㄚ頭，連當了媽媽後個性還是一樣，不但打架的時候非常強悍，還很會胡鬧。只有在跟庄造撒嬌的時候，以及無聊在太陽下打瞌睡的時候，那雙眼睛才會佈滿深深的憂傷，像是含著淚光似的帶著濕潤的水意。現在，那雙原本看起來應該是充滿嫵媚的水汪汪大眼隨著年紀增長，逐漸變得混濁，眼眶也積著眼屎，看起來就不好親近且明顯流露出哀傷。但實際上，這並非是莉莉原本的眼神。可能是因為牠成長過程環境中的空氣所帶來的影響。就像人類如果太操勞的話，長相和個性都會改變，貓應該也是同樣差不多的道理吧。這樣想來，庄造更是覺得對不起莉莉。因為至今為止的十年間，莉莉雖然十分受到疼愛，但是卻一直和庄造過著兩人的孤單生活。因為當初帶牠回家來的時候，家裡也只有母親和庄造兩人，所以不像神港軒的廚房裡那麼熱鬧。再加上母親覺得莉莉太吵了，於是把自家的小伙子連同貓一起丟在二樓，之後庄造便和貓一起在二樓過著安靜的生活。這樣的生活持續了六年，直到品子嫁過來為止。但沒有想到品子這個後來的「第三者」竟然嫌莉莉礙眼想要欺負牠，讓莉莉在這個家變得無容身之處。

不僅如此，庄造還做了更過分的事，莉莉生產之後自己至少應該要留下牠的孩子。但是每當莉莉一生完，自己就馬上找人收養，盡可能將那些小貓分開不要留在家裡。儘管如此，莉莉實在是很會生。別的母貓懷孕生產兩次的時間，牠可以懷孕生產三次，不知道讓牠懷孕的傢伙是哪裡的貓，生下的混血貓倒是有幾分玳瑁貓的樣子，所以想要這些小貓的人很多。但庄造有時還是會將小貓扔到海邊或是蘆屋川岸邊的松樹林裡邊。這一方面當然也是顧慮到母貓的心情，而庄造也覺得莉莉之所以衰老的這麼快，可能跟牠不斷地生產有關係，所以就算無法阻止牠懷孕，起碼也要控制不讓牠哺乳，所以才會做這樣的安排。事實上莉莉每次生產，都以肉眼可見的速度不斷地衰老，庄造只要一看見牠那膨脹的像袋鼠的肚子時，總是會露出難過的眼神，用鬱悶的口氣對牠說：「你是笨蛋嗎？你這樣不斷的大肚子，很快就變成老婆婆了啊！」如果是公貓，只要結紮就好了，可是聽說母貓的手術比較麻煩。所以庄造曾經對獸醫說「如果這樣，你可以用Ｘ光線照到讓牠不能懷孕嗎？」因此被獸醫嘲笑。站在庄造的立場上來看，他為莉莉做的這許多事情都是為牠好，並沒有要害牠的意思。但是不可否認的，庄造將莉莉的血脈從牠身邊奪走這件事，的確讓莉莉的生活更加的孤單寂寥。

回想了這些往事，庄造覺得這些年，莉莉在他身邊真的吃了許多苦。他從莉莉這邊獲得了許多的慰藉，但莉莉在他身邊卻似乎一點都不輕鬆。尤其是最近的這一兩年，因為夫婦間的不合以及生意上的困難，家裡始終吵吵鬧鬧的。甚至連莉莉也會被捲入爭吵中，讓牠有一種不知如何是好，似乎無容身之地的無助感。母親有一次從今津要回來時，叫了庄造去接她。當庄造要出門時，莉莉的動作竟然比品子還要快的靠近他，莉莉緊緊貼著他的衣襬，用那雙眼睛挽留他。但庄造還是毅然地出門，莉莉就像小狗一樣不停地跟在後面追著，一直到過了一百或兩百公尺左右才停下腳步回家。所以比起對於品子，庄造對於莉莉的擔心更多，因此他都盡可能地早點回家。有時多停留了兩天或三天的時候，不知是不是自己多心，總覺得莉莉那雙眼睛的顏色似乎又更深更濃了。

最近庄造經常有種預感，……這隻貓好像沒剩多少日子了。這樣的夢境他不止一次的夢見。夢中的庄造彷佛因為和親人死別，沉浸於悲傷中淚流滿面。庄造覺得如果有一天莉莉真的死了，自己的悲痛恐怕不下於夢中的情景吧。當這樣的畫面一個接一個的開始浮現後，對於毫不在乎地把莉莉拱手讓人這件事，庄造再次地感受到後悔、殘忍以及憤怒種種情緒。庄造甚至覺得莉莉那雙眼睛好像正帶著怨恨從某處看著自己。但如今就算悔恨也無濟於事了。這樣一隻上了年紀的老貓，究竟為什麼要被逼到這樣的境地呢？為什麼不能好好的待在這個家裡終老呢？……

「老公，為什麼品子想要那隻貓？你知道原因嗎？……」

這天傍晚，庄造像往常一樣安靜地坐在小茶几旁，正垂頭喪氣地舔著杯口，福子看著他有點不好意思的開口問道：
「我怎麼知道她想做什麼」庄造有點裝糊塗的回答。
「因為只要把莉莉放在她那裡，你一定會去看牠呀，我說的沒錯吧！」
「真是的，怎麼會想到這種事情。……」
「一定是這樣的吧，我也是到今天才終於發現的。你可千萬別上當啊！」
「知道了，真不知道上當的人是誰。」
「要記住千萬別上當了喔！」
「嗯哼哼。」庄造發出嗤笑聲說：
「需要被提醒的人不是妳嗎」庄造說完又舔了舔杯口。

塚本先生說他今天非常忙要先告辭之後，把籃子放在玄關前面就離開了。品子提著籃子爬上狹窄的樓梯，進到自己位於二樓那間四坪半的房間裡。品子把出入口的紙門和玻璃拉門都關好之後，將籃子放房間中間，打開蓋子。

奇妙的是，莉莉竟然沒有立刻從窄小的籃子裡跳出來向外面跑去，牠只是好奇的伸長脖子，四處打量著室內。接著慢慢的把腳伸出來，然後跟其他貓在這種時候會做的動作一樣，牠抽動著鼻子開始嗅房間裡的味道。品子叫了兩、三聲：

「莉莉！」

牠只淡淡的稍微瞥了品子一眼，就先走去嗅出入口和壁櫥的門邊。接下來走到窗戶那裡，把每一片玻璃窗都聞過。接著是針線盒、坐墊、尺、縫了一半的衣服等等，把那附近的東西都仔細地一一嗅過。這時品子忽然想到剛才塚本先生留下來的東西。那個用報紙包著的雞肉還放在走道上。但是莉莉對食物似乎沒有興趣，只稍微聞了一下，頭也不回地繼續在房間裡走著。莉莉到處嗅著味道，在塌塌米上發出「刷！刷！」令人覺得不安的腳步聲。最後又回到紙門的前面，把前腳放上去正想打開時，就聽到品子的聲音：

「莉莉呀！你從今天開始就是我的貓了，不可以跑到其他地方去喔！」

品子站在紙門那裡擋住了莉莉的動作。沒辦法，莉莉只好又「刷！刷！」的拖著腳步繼續在房間裡繞了一圈。這次，牠選擇了北面的窗戶邊，那邊正好有一個小箱子，莉莉爬了上去伸直背看向玻璃窗外面。

昨天是九月的最後一天。從窗外看出去，今天早晨的天氣相當晴朗，風中帶了些寒意。屋後空地上種著的五、六棵白楊樹的樹葉已經變白，正迎風搖曳。遠處可以眺望到摩耶山和六甲山的山頂。這邊的房子不像蘆屋，這裡因為人口密集所以房子也比較多，從品子這裡二樓看出去的景色，和庄造家二樓看出去的景色不太一樣，莉莉是抱著什麼樣的心情看著窗外呢？品子沒想到自己竟然會忽然想起，以前經常和莉莉一起被丟在家裡的事情。有一次庄造和婆婆去了今津不回家過夜，家裡只剩下品子一個人，就隨便弄了一碗茶泡飯胡亂吃著。忽然間聽到聲響，是莉莉走了過來。「啊！原來如此，忘了幫你準備晚餐了，你一定很餓吧，真的太可憐了。」品子在剩飯上放了一些小魚端給莉莉，但也許是習慣了平常豐富的晚餐，莉莉並沒有露出開心的表情，根本就只禮貌性地吃了幾口。品子不禁生起氣來，好不容易生出的同情心也瞬間消失無蹤。晚上品子鋪床的時候，因為不知道庄造會不會回來，所以等的有點心煩。只見莉莉毫不客氣地爬上床，品子恨恨地看著輕鬆自在地把腿伸直的莉莉，就在牠快要睡著時，故意把牠拍醒然後趕下床去。品子也知道自己當時做這些事只是遷怒到貓身上，但現在能夠有機會再次的一起生活，這果然還是一種緣分吧。品子自己當初從蘆屋被趕出來的時候，一開始就是落腳在這個二樓的房間。她也曾像莉莉一樣從北面的窗戶眺望山的方向，一味地沉浸在對丈夫的思念當中。所以當她看到莉莉現在的動作時，也似乎隱隱約約能理解莉莉的心情。想到這，忽然眼眶一熱。

過了不久，品子把壁櫥的拉門打開，邊拿出準備好的東西邊叫著莉莉：

「莉莉啊！來！快過來！吃吃這個吧。」

品子昨天就收到塚本的明信片，知道莉莉終於要來的消息。為了好好招待這位客人，她今早特地早起去附近牧場買新鮮的牛奶，順便準備莉莉要用的碗盤。……以及，昨晚忽然想到需要幫這隻貓準備貓砂，於是又匆匆忙忙地去買平底陶盆，但卻為了找不到沙子而大傷腦筋。後來在五、六百公尺外的工地上偷了一些混凝土用的沙子。趁著天黑悄悄拿回家。現在那些東西都放在壁櫥中。品子拿出牛奶、裝有撒了鰹魚香鬆米飯的小盤子、還有一個有點掉漆邊緣缺了口的碗。她把牛奶倒進碗裡，在房間中央鋪上報紙，然後打開塚本先生帶來的食物。品子拿出竹葉包著的水煮雞肉，再把自己買的牛奶、米飯都擺出來。一邊不斷的叫著「莉莉！莉莉！」一邊輕輕敲擊盤子和碗，想吸引牠過來。但莉莉充耳不聞，裝作沒聽到，仍然靜靜地待在窗戶邊。

「莉莉啊！」品子開始有些急躁起來。

「你為什麼一直看著外面呢？你肚子不餓嗎？」。

剛才聽塚本說，庄造擔心莉莉會暈車不舒服，所以今早也沒有餵牠吃東西，那牠現在應該已經很餓了啊！牠以前只要聽到碗盤敲擊的聲音就會馬上奔過來，現在卻像是聽不到這些聲音似的，好像也不覺得餓。難道是因為一心想逃離這裡嗎？品子以前也聽說過這隻貓自己遠從尼崎跑回家的事，所以知道需要花一點時間在這隻貓身上，必須要好好盯著牠。自己只求這隻貓能好好的吃東西，然後乖乖地在便盆裡上廁所就好。但是看牠一來就這個樣子，恐怕很快就會逃走。品子知道馴服動物不能像自己這麼急躁。但無論如何，好像應該看著牠吃點東西才能安心，所以品子硬把莉莉從窗戶邊抱到房間中央，讓牠靠近地上的食物，想讓牠聞聞味道引起牠的食慾，但是莉莉的腳不斷在空中趴搭趴搭的撲著，伸出爪子又抓又扒，品子實在沒有辦法，只好放開牠。一放開牠就又跑回窗戶邊的小箱子上。

「莉莉！這個，你看這個。是你最喜歡吃的東西喔。你有沒有看到啊。」

品子不死心地又追著牠跑，把牛奶、雞肉等食物輪流的放在莉莉鼻子下方讓牠聞，但這些依舊沒有辦法勾起莉莉的食慾。

再怎麼說，莉莉都不是被放在完全陌生的人家裡啊。自己和莉莉可是曾同住在一個屋簷下四年呢。他們曾吃著同一鍋飯，而且還常常被一起留在家三、四天呢。這樣的反應是不是太冷淡了呢？或是說莉莉對我曾經欺負過牠的事情依舊懷恨在心呢？如果真是這樣的話這隻畜生未免也太記仇了，品子忍不住覺得火大。但是一想，如果因為意氣用事而讓莉莉逃走的話，那自己處心積慮的計畫不就泡湯了嗎？蘆屋那邊看見了也只會拍手叫好吧。所以自己不能心急，想要讓莉莉臣服，就只能更有耐心的等待。

只要像剛剛那樣，把食物和貓砂擺在牠面前，再怎麼倔強的貓等到肚子真的餓到受不了時，就一定會吃吧。想要上廁所就一定會去貓砂裡吧。除了莉莉的事情之外，自己還有更重要的工作必須在晚上完成。因為從一早就在忙牠的事，所以自己的工作一點進度也沒有。品子想了一下，決定先處理自己的事情，便在針線盒旁邊坐下來。開始幫手邊的男性絹織外套縫製棉襯。她不停地趕工，但是大約一個小時之後就開始覺得擔心，所以時不時的就去看一下莉莉的情況。結果發現牠已經躲到房間的一個角落裡，身體縮成一團緊靠著牆壁一動也不動。雖說只是一隻畜生，但牠這是覺悟到自己已經沒有辦法逃走，所以死心地閉上眼了嗎？如果用人來比喻的話，被巨大的悲傷襲罩後，會拋開所有的希望甚至於做好死亡的準備吧。想到這裡，品子忽然覺得背脊發涼。為了確認莉莉是否還活著，她悄悄的來到莉莉身邊，抱起牠看看有沒有呼吸。而莉莉對於忽然而來的動靜，卻一反常態的沒有抵抗。只是把自己的身體蜷縮成一團，品子的指尖都可以感受到牠的僵硬。「真是的，這麼倔強的貓。要到什麼時候才能馴服啊！不過看情況，牠是故意想讓我放鬆警戒才會完全不抵抗吧。現在做出一副已經放棄的樣子，但牠可是連沉重的木門都能打得開呢。如果粗心大意地把牠單獨留在房間裡，不知道什麼時候就會不見了。」一想到這裡，品子忽然察覺，自己好像沒有辦法安心地離開去吃飯上廁所呢。

到了午餐的時間，樓下傳來妹妹初子的叫聲：

「姐姐，吃飯了。」

「好。」

品子邊回答著站了起來，在房間找了一會兒，最後拿了三條羊毛製的腰帶，從莉莉的肩膀和腰部以下交叉斜綁著。為了不要太緊，又不能讓牠鬆脫，品子重綁了好幾次。綁好後在背上打了一個節，然後抓著腰帶的另一頭，又看了一下四周，最後將牠綁在天花板上的電燈垂吊下來的繩子上。這樣一來終於可以安心地下樓吃飯。但是吃飯時，品子還是不放心，所以草草的吃完就趕緊上樓去。房間裡，莉莉依舊被綁著在那個角落，身體縮的比之前更小。品子下樓前也有所期待，自己不在房間裡面情況應該會比較好吧。莉莉單獨在房間裡可能會覺得比較放鬆，牠想吃就吃，想上廁所就上。結果，完全沒有改變。品子「嘖」了一聲，帶著恨意似的瞪著仍然完好無缺，被放在房間中央的盤子，以及完全乾淨的貓砂。然後在針線盒旁坐下來。品子一坐下就忽然想到，啊啊！原來如此！牠被綁了那麼久的時間難怪沒食慾，也真是太可憐了。於是過去解開莉莉的腰帶，順便摸摸牠抱抱牠。然後明知不可以，但還是又把食物拿過來讓牠試試看。接著又換了貓砂的位置，就這樣來來回回幾次反覆之後，太陽也下山了。傍晚六點一到，樓下傳來初子叫她下樓吃飯的聲音，品子於是將帶子重新打結好，才下樓吃飯。就這樣，這一整天，品子為了一隻貓的事情搞得忙碌不已，而自己手邊該做的工作卻還是沒完成。在這樣來來回回的忙碌中，秋天的夜晚時間很快就過去了。

當十一點的鐘聲響起，品子開始收拾房間。然後再一次把莉莉綁起來。她鋪了兩塊坐墊讓莉莉睡覺用，莉莉的食物和貓砂就放在旁邊。品子接著鋪自己的被窩，關了燈準備就寢。「希望到明天早上之前，那怕是牛奶也好雞肉也好，不管哪一種，多少吃一點吧。如果明早一睜開眼就看到小盤子空了，或是貓砂濕了，自己會有多開心啊。」一想到這些品子就興奮地睡不著覺，一直睜著眼睛。她在黑暗中豎起耳朵，想聽到莉莉的動靜，但是周圍一片寂靜，什麼聲音也聽不見。品子發現四周實在太過安靜，她從枕頭上抬起頭，窗戶邊隱隱約約看得見東西，但是莉莉應該待著的地方卻偏偏黑漆漆什麼也看不見。品子忽然間想起什麼，她拉了拉從莉莉身上那連著天花板電燈的繩子，拉過來一看，呼！沒事。

為了保險起見品子起身把燈打開。只見莉莉雖然還在，但仍舊是彆扭的把自己縮得緊緊的，圓滾滾的，那姿勢和白天時一模一樣。食物和貓砂仍然保持原來的樣子，很明顯根本沒動過。品子很失望的熄了燈躺下，眼看著終於開始打起瞌睡，過一會兒她再睜開眼睛，不知不覺間天已經亮了。貓砂上有大塊的排泄物，牛奶和雞肉的盤子全都吃得乾乾淨淨。就在品子放下心來覺得真是太好了的時候，才發現原來是自己在作夢。

要馴養一隻貓怎麼這麼累人啊，而且莉莉的個性又特別的倔強。如果是一隻還幼小天真的小貓，一定很好親近。但像莉莉這樣的老貓，就和人類一樣。只要被帶離到習慣和環境不一樣的地方，對牠們來說可能是很大的衝擊，甚至於還可能成為致死的原因。把莉莉這隻自己不怎麼喜歡的貓要到手上，雖說原本就是品子的計畫之一，但是她並不知道整個過程會這麼麻煩。拜這隻以前可以說是冤家的老貓所賜，整個晚上累的根本沒法好好睡覺。品子把前因後果好好的思考了一遍，奇怪的是，自己竟然不覺得生氣，而且有一股莫名的情緒湧上來，覺得貓好可憐，自己也好可憐。仔細一想，自己從蘆屋的家被趕出來的時候，也是一個人孤零零的住在這間二樓的房間裡，那時整天無精打采的沉浸在痛苦中，妹妹夫妻看不到的時候，更是沒日沒夜不停地哭泣。

那陣子也是二、三天都提不起精神，完全都沒有吃什麼東西啊。這樣看來，莉莉思念蘆屋也是理所當然的事吧。畢竟牠曾經是庄造那麼疼愛的貓，之所以會有這樣的反應也完全是應該的。而且牠年紀已經大了，還被人從老家趕出來帶到討厭的人家裡，這多麼可憐啊。如果真的想要馴服莉莉的話，應該要能夠體諒牠的情緒，必須讓牠安心和信任才對。牠現在正是滿心難過的時候，還勉強要牠吃喝，無論是誰都會生氣吧。品子反省自己對莉莉的態度，「不想吃的話，那至少要小便吧！」然後硬把貓砂推到牠眼前，連上廁所都用強迫的，這根本並不是體貼，而是只顧慮自己的自私作法。不只這樣，最糟的是自己還把莉莉綁起來。想要獲得對方的信任，就要先讓對方信賴這個環境，但莉莉恐怕已經對自己產生了恐懼。就算只是一隻貓，被綁著的時候，根本不會有食慾，也沒有辦法好好上廁所吧。

隔天，品子就不再綁著莉莉。如果逃了就逃吧，這也是沒辦法的事。她鼓起勇氣放莉莉單獨在房間裡五到十分鐘。這時的莉莉看起來雖然還是很倔強的將自己縮成一團，但似乎沒有想要跑的樣子。所以品子稍微覺得安心了一點，結果一時的放鬆果然就出事了。午飯的時候，品子終於可以悠閒的吃午餐，所以在樓下待了三十分鐘。在一樓的她聽見二樓好像有聲音，於是急急忙忙的上樓。只見紙門已經開了大約五吋寬，莉莉恐怕就是從那裡跑到走廊，再穿過南面那間六坪左右的房間，然後再從剛好開著的窗戶跳到屋頂上的吧。如今四周已經看不到牠的蹤影了。

「莉莉啊！……」

品子想要用力地大聲叫喚莉莉的名字，但卻發不出聲音來。一想到自己已經那麼努力，卻還是讓牠給逃走，就覺得連去追牠的力氣也提不起來，反而有鬆了一口氣的感覺。反正自己對親近動物本來就不是很拿手，早晚牠都會逃的，早一點解決掉這件事也好。反而從今天開始就可以好好專心做自己的工作，晚上也可以舒舒服服地睡覺了。雖然這麼想，品子還是跑到後面的空地裡，在草叢中到處找著「莉莉啊！莉莉啊！……」雖然只找了一下子，但是品子自己也明白莉莉現在根本不可能還在家裡附近閒晃，牠早就應該跑遠了。

莉莉逃走之後的當晚、以及接下來的連續兩晚，品子非但不能安心睡覺，還呈現一種完全睡不著的狀態。當然這也跟她原本就神經質的個性有關係。以二十六歲的女性來說，品子算是淺眠的，以前在幫傭的時候也很容易因為一點小事就失眠。自從搬到這裡的二樓以後，可能因為認床的關係，很長一段時間以來每晚真正睡著的時間都只有三、四個小時。這樣的狀況一直持續到大約十天前左右才逐漸改善，睡眠品質變得比較好。不知道為什麼從那一晚起又開始睡不著。另外，品子只要一旦不停的趕工作，就容易肩膀僵硬或情緒太亢奮，也許是因為這段期間為了要補上照顧莉莉而落下的進度，所以太過拚命的縫製衣服所造成的吧。再加上，她一直以來都有四肢冰冷的毛病，雖說現在只是十月初，但她的腳已經開始冰涼，就算鑽進棉被裡也不容易暖和。品子忽然想起她被老公冷落，兩人之間變得疏遠的事情。現在仔細想想原因，應該就是因為自己畏寒的毛病所引起的。庄造是很容易入睡的人，只要鑽進被窩裡五分鐘就能呼呼大睡。這時如果突然接觸到冰冷的腳，一定會被吵醒，長期下來庄造也覺得受不了，於是叫品子往旁邊睡過去一點。因為這個緣故後來兩人就分開睡。在碰到真正寒冷的天氣時，兩人也會因為熱水袋而吵架，庄造的體質和品子完全不一樣，他是容易上火型的，尤其腳都是熱呼呼的，就算冬天也只需要少少的棉被，還必須把腳露出棉被外面才能睡得著。所以他很討厭被熱水袋摀的熱熱的棉被，五分鐘就受不了。當然這也許並不是兩人不和真正的導火線，但是用這個體質不同來當藉口，慢慢的就養成了各自睡覺的習慣。

不知道是不是經常做針線的關係，品子的右邊脖子到肩膀之間非常僵硬，好像已經腫了起來，所以她常常揉捏肩頸痠痛的地方，睡覺的時候也經常翻身，盡量不要讓枕頭壓到疼痛的部位。另外每年夏天到秋天季節交替，天氣轉變的這段期間，她總因為右邊下面的牙齒痛所困擾。昨天晚上蛀牙旁邊好像已經開始一跳一跳的抽痛了。說起來，品子現在所住的六甲這個地方，每年要入冬的時候都會吹起六甲山風，所以比蘆屋等地要冷得多。雖然現在才十月，但是晚上的氣溫會驟降。這裡和蘆屋的地理位置都是位於阪神之間，但是相較之下這裡卻冷得像是遙遠的山區似的。品子把自己的身體蜷縮的像隻蝦子，冷得即將失去感覺的兩隻腳相互摩擦著。記得在蘆屋的時候，也是十月底，那時自己雖然和老公吵架，但還是邊把熱水袋放進棉被裡睡覺。照這種天氣看來，今年應該等不到月底就得把熱水袋拿出來用了。

這天晚上，品子躺了許久都睡不著，最後乾脆放棄。她起身把燈打開，拿出跟妹妹借的雜誌《主婦之友》，側躺著邊看邊唸出聲。那時大約是深夜一點過後不久，遠處忽然有一陣聲音傳來，一下子就過去了。一開始，品子以為是下起了陣雨。然後忽地，又一陣聲音傳來，在通過屋頂的時候，留下了一陣嘩啦啦凌亂的聲音，接著又消失了。過了一陣子，聲音又出現了。這聲音讓品子聯想到莉莉，牠現在到底在哪裡呢？如果已經回蘆屋的話還好，如果不是的話，萬一迷了路，像這樣的夜晚一定會淋得溼答答吧。其實，品子還沒有跟塚本提起莉莉逃走的事。她也知道應該要早一點通知塚本，但是一想到蘆屋那邊可能會語帶嘲諷的說：「真是不好意思，莉莉已經回來了請您放心，真是抱歉給您添了許多麻煩，之後就不再麻煩您了。」一想到這就讓人心中不快，所以品子才一拖再拖直到現在⋯⋯。

聽說當初莉莉被送到尼崎的時候，從牠不見開始一直到回蘆屋為止，一共花了長達一個星期的時間。這次的距離並沒有這麼遠，莉莉是三天前來到這裡的，所以應該不至於會迷路才對。只是莉莉現在年紀大了，反應沒有那麼快，動作也變得遲鈍，也許三天的路程要花四天才能回到家也不一定。如果是這樣，應該明天或後天就能平安到達。蘆屋的那兩人一定會很高興吧，不知道多麼得意呢。塚本先生說不定也跟他們一起嘲笑自己：「看吧，這個女人不但被老公拋棄，連貓也不理她呢」。不只塚本！恐怕連樓下的妹妹、妹夫心裡也是這麼想的吧，全世界的人都在笑話自己吧！

這時候，那陣雨聲嘩啦啦的通過屋頂遠去，接著玻璃窗好像被什麼東西撞到似的發出「碰！」的聲音，「是風吧。唉真是討厭。」品子正想著，又連續傳出了「碰碰！」兩次碰撞聲，那聲音有點重量，不像是風，聽起來感覺像是拍打玻璃的聲音，還帶著細小的不知從哪裡傳來的一聲

「喵」

這種時刻，這個聲音，難道會是……品子嚇了一跳，為了確定自己沒聽錯，又豎起耳朵仔細聽，沒錯，那叫聲果然是

「喵」

然後接著就是「碰！」的聲音傳來，品子慌慌張張地跳起來，把窗簾拉開一看，她看得清清楚楚的。

「喵」

這次是從玻璃門那邊傳來的聲音，接著又是「碰！」的一聲，同時一個黑色的影子突然跑了過去。原來如此，果然是這樣啊。品子終究沒有認錯莉莉的聲音。雖然前幾天牠被帶過來在二樓的時候，一次也沒有發出過叫聲，但那確實是在蘆屋時已經聽慣的聲音。是莉莉，絕對不會錯。

品子急急忙忙的把窗戶上的插梢拔起來，她從窗戶探出半個身子，室內透出的光線能稍微照到黑漆漆的屋頂，但是一時之間什麼也看不到。品子猜想，窗外的窗台附有欄杆，所以莉莉可能是爬上了窗台後，一邊叫一邊拍打著窗戶。那個「碰」的聲音，還有剛剛看到的黑色影子也證實了，她的猜測是對的。只是當品子從屋子裡面打開玻璃門的時候，莉莉不知道又跑到哪裡去了。

「莉莉啊！……」

為了怕吵到樓下的妹妹和妹夫，品子在黑暗中小聲地叫著。屋頂的瓦片因為下雨淋濕而泛起亮光，剛才的那一陣聲響的確是陣雨沒錯。但是天空中的星星卻又閃亮的讓人以為剛剛的陣雨都是假象而已。眼前是高聳的摩耶山，山上一片黑暗。纜車的燈光已經熄滅，但是還看的到山頂上飯店的燈光。品子單腳跪在窗台上，身體往屋頂的方向前進，再一次叫著莉莉。

「莉莉啊……」

品子一發出叫聲，馬上就傳來了莉莉的回答。

「喵！」

莉莉在屋頂上往品子的方向走過來，只見閃著磷光的一雙大眼睛慢慢地靠近。

「莉莉！」

「喵！」

「莉莉！」

「喵！」

品子反覆叫了幾次，每一次莉莉都會馬上回答。這是之前從來沒有過的狀況。喜歡自己的人和討厭自己的人，莉莉可是分得很清楚。以前在蘆屋時，莉莉對於庄造的呼叫雖然會回應，但是對於品子的叫喚卻是充耳不聞。今天晚上不僅不嫌麻煩的一直回應，聲音中甚至還帶著一絲討好，聽起來有一股說不出來的溫柔。莉莉閃動著那雙大大的眼睛，一邊甩著身體一邊靠近欄杆下面，然後很快又再次離開。站在莉莉的角度來看，只希望牠長久以來冷淡以對的人，從今天起可以善待自己。莉莉是想要為以往無禮的行為道歉，才發出了那樣柔軟乖巧的聲音吧。莉莉改變了牠的態度，拚命地想做些什麼，牠希望品子能夠了解自己需要被照顧和保護的心情。品子是第一次受到這隻貓這樣溫馴的回應，所以像個孩子似的開心地不斷的呼叫著牠。品子雖然想抱起莉莉，但也知道無法抓到牠，於是暫時離開窗邊去一旁等待。過了一會兒莉莉縱身躍起，輕輕的跳進房間。接著，令人意想不到的，莉莉竟然朝坐在床上的品子直直走過去，然後抬起前腳放品子的膝蓋上。

到底發生了什麼事？品子目瞪口呆，還反應不過來的時候，莉莉用那充滿哀傷的眼神望著她。同時湊近品子胸前，然後用牠的額頭用力的蹭著品子法蘭絨睡衣的衣襟。品子也用臉頰去蹭莉莉。莉莉在品子的下巴、耳朵、嘴巴附近以及鼻頭附近胡亂的舔了起來。品子曾經聽說過，貓在兩人獨處時會接吻，會互相蹭臉，會用著和人類幾乎一樣的方式表達自己的愛情，原來就是這樣嗎？在大家不知道的時候，庄造和莉莉之間所分享的就是這個嗎？品子聞了聞莉莉身上那種貓特有的，彷彿太陽曬過的味道，感受著莉莉粗糙的舌頭在皮膚上所引起，又痛又癢的感受，突然間覺得莉莉實在是太可愛了。

「莉莉啊！」

她一邊叫著莉莉，忍不住將牠緊緊的抱住。莉莉身上的毛到處都泛著著亮光，品子這才想起來牠今晚被雨淋濕了。

話說莉莉為什麼沒有回去蘆屋，而是回到這邊呢？牠一開始應該也是朝著蘆屋的方向回去。但是在路上可能找不到方向，只好又回來這裡吧。雖然這中間僅僅三、四公里路程，但莉莉卻花了三天的時間在外面徘徊，可能終究還是找不到目的地而無法到達，於是只好又回到這個地方。以這一點來說，莉莉可能不夠有毅力，但是依照現實狀況來看，這隻可憐的貓竟然已經這樣老邁了啊。牠只有個性還跟從前一樣沒變，所以打算能逃就逃看看，只是沒想到自己無論是視力、記憶力和嗅覺等等這些的能力，都已經跟以前大不相同，完全沒有以前半分的靈敏了。對於要走那一條路、要往哪個方向、當初是怎樣被帶到這裡的都毫無頭緒。往這邊也迷路，往那邊也迷路。於是繞了一圈又回到原來的地方。如果是以前的莉莉，一旦確定了方向，就算是沒有路的地方牠也會不顧一切地前進。但是現今的莉莉已經沒有了自信，一旦去到不熟悉的地方就會產生恐懼感，不自覺的雙腳發軟。所以最後就這樣出乎自己意料地，沒辦法去到遠處，只能在這附近張皇失措。這麼說來也許這幾天的晚上，牠都在這二樓的窗台附近徘迴想要偷偷的靠近吧，一邊猶豫著到底要怎麼辦？要不要進來？一邊偷看著屋裡。所以今天晚上牠應該也在屋頂上的暗處蹲了很久，考慮著要不要進來。後來因為屋內點了燈，而且突然又下了一場雨，所以牠才會急的喵喵叫然後拍了窗子。不過能夠回來真的太好了。雖然莉莉在外面吃了些苦頭，但這也證明了牠沒有把品子當成外人看待。恰好品子也在今天晚上的這個時刻，把燈打開閱讀雜誌，這正是所謂的預感吧。不過說起來，這兩三天品子也都睡不著，所以心裡是不是總覺得莉莉會回來，才下意識地在等牠呢？一想到這裡品子忍不住的哭了出來。

「乖！莉莉啊，你可不能再到處亂跑囉。」

品子再一次把牠緊緊的抱在懷裡。和往常不同的是莉莉安靜溫馴的被抱著。這時品子忽然有一種感覺，現在的自己似乎不需要言語的交流就可以了解這隻總是露出悲傷眼神老貓的心情了。

「你一定很餓了吧，但是今天晚上已經太晚。……就算去廚房找可能也沒什麼東西了。算了。這也沒辦法，這裡畢竟不是自己的家，所以就請你等到明天早上吧。」

品子一字一句地説著，邊説邊蹭著莉莉的臉頰，她慢慢的把莉莉放到地板上，走過去把剛才打開的窗戶關上。然後把坐墊鋪起來讓莉莉當床，再把之前放在壁櫥內的貓砂拿出來。在這個過程中莉莉始終亦步亦趨的跟著品子，在她腳邊轉著。只要品子稍微停下來，莉莉也會馬上走到身邊來，稍微仰著頭用耳根磨蹭著品子的腳。

「好了，夠了吧，你懂我的意思了嗎？來！過來這裡睡覺了。」

品子把莉莉抱到座墊上，很快的把燈關掉。然後自己也鑽進被窩裡。大概過了不到一分鐘，突然枕頭旁傳來了莉莉的味道，品子不聲不響地掀起棉被，莉莉那像絲絨般軟乎乎毛茸茸的身體鑽了進來。先是往腳的方向爬去，在衣服下擺附近徘徊了一下，之後又往上面爬過來，最後停在睡衣的胸口附近就再也不動了。過了不久像是非常舒服似的，喉嚨發出了很大聲的咕嚕咕嚕聲。

品子想起以前躺在庄造身邊睡覺的時候，也經常會聽到這樣咕嚕咕嚕的聲音，那時她心裡有說不出的忌妒。但是今天晚上的咕嚕咕嚕聲聽起來好像特別大聲。是因為莉莉心情很好嗎？還是因為躺在我的床上睡覺的緣故呢？莉莉的鼻頭濕濕涼涼的，品子把莉莉的頭和柔軟得不可思議的腳掌放在胸口上。品子以前從沒有這樣做過，這是第一次，她覺得既奇妙又開心。在黑暗中，品子用手去摸莉莉的脖子附近，這樣一來，莉莉又發出了更大聲咕嚕咕嚕的聲音。有時候莉莉會突然咬上品子食指的手指頭，然後在上面留下咬痕。就連沒有經驗的品子也知道，這是莉莉在非常興奮和開心的時候才會有的小動作。

從隔天起，莉莉和品子的關係明顯的好了起來，看得出來牠打從心底信賴品子。無論是牛奶或者是撒香鬆的飯牠都吃得非常的開心，甚至連貓砂也都會一天使用好幾次，貓砂的味道瀰漫在這個四坪大的房間中。聞到這味道，品子意外的勾起了以往的諸多回憶。彷彿在蘆屋的那段令人懷念的時光又回來了。以前在蘆屋時，不論是早晚家裡都充滿了這樣的氣味。連家中的拉門、柱子、牆壁、天花板上到處都沾了這個味道。品子和老公以及婆婆一起生活的四年中，每天聞著這個味道的同時，也忍耐著那些令人懊惱和難過的種種事情。那個時候自己經常詛咒這個令人作嘔的味道，但是現在相同的味道，卻勾起了許多甜美的回憶。以前這個味道就等於是這隻令人憎恨的貓。

現在卻完全相反，這個味道讓人覺得莉莉實在是太可愛了。之後的每個晚上，品子都像這樣的抱著莉莉睡覺。品子對自己説「這麼可愛溫順的小動物，為什麼以前會這麼的討厭牠呢？一定是因為那個時候的自己，就像一個卑鄙壞心眼的女人。」

話說，之前品子寫了一封討人厭的信給福子，提了關於這隻貓的所有權，也透過塚本向庄造表達想要這隻貓的動機。說實話，當時品子的確是惡作劇的心態，也想欺負這隻貓，再加上期待利用莉莉，希望能把庄造吸引過來。但是比起這些惡毒的想法，品子考慮到的是更長遠的未來。品子可以預見最快半年，最久一年到兩年的時間內，福子和庄造的感情應該就會生變。品子之所以這樣認為，是因為她覺得當初經由塚本這個媒人的介紹嫁給庄造的自己根本就是被騙了。但是現在自己已經認清楚，庄造根本是個懶惰、毫無自我原則、完全不事生產的一個男人。也許被這樣的男人拋棄也是種幸福吧。但是站在品子的角度，怎麼想都覺得不甘心，也沒有辦法就這樣放棄一段感情。因為明明他們兩個當事人都還沒有厭倦彼此，卻因為旁人的慫恿跟詭計使得她被趕出來，實在是讓人不服氣。話雖如此，品子心裡很清楚：「不！這只是妳自己一廂情願的想法罷了。因為其實妳和婆婆之間處得不好，而且你們夫婦兩人的相處也說不上和睦。妳這個前妻一直把庄造當成笨蛋和低能兒看待，而庄造也認為妳太倔強固執而感到困擾，所以你們經常吵架，慢慢的也就合不來了。如果庄造真的喜歡妳的話，就算旁人再怎麼花心思煽風點火，他也不會在外面有女人。」

塚本和其他人心中大概也是這麼認為的吧。只是沒有把話說得這麼露骨。但是庄造這個人的個性他們並不了解，依照品子對庄造的了解，大多時候旁人一旦施加壓力或強迫他，他都會乖乖接受。他的個性不知道該說是無憂無慮天性樂觀，還是吊兒郎當。當別人對他說第二個老婆可能會比第一個好的時候，他雖然會猶疑不定，但還不至於為了自己在外面找女人，就想盡辦法把原來的老婆趕出去，這種事他還做不出來。品子和庄造之間雖然沒有熱烈的愛情，但也不至於被老公討厭。所以就算旦旁邊的人出一些餿主意教唆庄造，他們應該也不至於會離婚才對。今天自己會有這樣慘痛的經歷完全是婆婆凜子、福子以及福子的爸爸一手計畫的。誇張的來說他們兩人根本就是被拆散的。一想到這，那種痛苦的感覺又在品子的心底燃燒著，雖然對庄造好像還有點放不下，但自己也無法再容忍這一切了。

既然如此，對於婆婆私底下進行的計畫並不是毫無所以知的品子，原本也可以做點什麼才對啊。⋯⋯要被趕出蘆屋的時候她還可以再做一些努力的。⋯⋯本來大家就覺得品子在謀畫上和婆婆不相上下。但她卻讓人意外的舉了白旗，然後聽話的捲鋪蓋走人。這真的有點奇怪，一點都不像她平時不認輸的做事方式。只不過，品子也有她自己的如意算盤。老實說，事情會演變成如今的模樣，都是因為自己一開始的時候太大意了。就連婆婆凜子那樣精明的人也沒有想到水性楊花，又曾是不良少女的福子會願意嫁給自己的兒子。再加上，品子有一點瞧不起福子。她覺得個性輕挑的福子根本無法忍受和庄造一起生活，所以一開始就沒把這件事放在心上，結果錯估了情勢，使得事情演變成現在的局面。但是品子依然認為那兩人沒有辦法長遠走下去。尤其福子年輕，長的又是討男人喜歡的樣子。雖然沒什麼了不起的學問，只上過女子學校一、兩年而已。但是福子最大的優點就是帶著許多的嫁妝，對庄造來說這根本就是天上掉下來的錢，不拿白不拿。也許庄造覺得自己運氣真的很好，但是福子終究無法只滿足於守著庄造一個男人，外遇是早晚的事。反正大家也都知道，福子沒辦法只跟著一個男人過日子。這次也一樣是重蹈覆轍罷了。到時候福子如果做了不可原諒的事，那麼就算庄造的個性再老實也不會悶不吭聲，而凜子一定束手無策拿她沒辦法。姑且不論庄造會怎麼做，一向被認為精明的婆婆不可能不知道這些危機，只能說凜子這次真的是被金錢蒙蔽了雙眼，才會狠心把品子趕出家門。所以品子心裡認為與其在那邊吵吵鬧鬧爭執不休，還不如先做一點讓步，讓對方放鬆警戒，自己再慢慢的圖謀將來的事也不遲。在這些過程中，品子不曾輕易放棄這段感情，但即使在塚本先生面前，她也絕口不提這些事。品子盡量表現出很可憐的樣子來博取大家的同情，但其實心裡想著「無論如何都要再回到蘆屋的家一次！給他們一點顏色瞧瞧。」這個希望成了品子活下去的動力。

儘管品子認為庄造是一個靠不住的人，但不知為什麼就是沒有辦法去恨他。因為他一向如此，根本毫無判斷力，整天糊裡糊塗地過日子。周圍的人叫他向右他就向右，叫他向左他就向左。就連這次的事情也是一樣。旁邊的人說什麼就是什麼，這樣想來就像放手讓小孩子一個人走路似的，看著孩子踩著不穩的步伐搖搖晃晃時，會令人擔心而且有點可憐的感覺。庄造這一點，不知怎地就是讓人覺得很可愛。如果這人是個頂天立地的男人的話，會讓人覺得非常的生氣吧。但從本來就有點瞧不起庄造的角度來看的話，會發現他身上有一股柔軟溫和的特質，漸漸的吸引你，進而讓你深陷其中無法抽身。品子就是這樣，連自己帶來的嫁妝都賠進去了，卻一無所有的被趕出家門。對她來說，自己為那個家付出了這麼多，最後卻只留下遺憾。

在品子嫁入蘆屋的一、兩年間，那個家的生活有一半以上是靠著品子的小小力量在補貼支撐著。因為品子的針線功夫很好，所以在附近接了相關的工作貼補家用。就算到了晚上，經常還是無法休息的縫縫補補，不管多麼辛苦她都忍耐下來。如果不是因為自己的努力，婆婆在外面再怎麼虛張聲勢也威風不起來。住家附近的人都不喜歡婆婆，庄造更是完全靠不住，所以許多討債的人經常上門，搞得家裡吵吵鬧鬧的，如果不是大家基於對品子的憐憫，怎麼過得了那幾個年關呢。但是那對母子卻不知感恩反而被慾望蒙蔽了雙眼，甚至引狼入室想要捨棄她去攀上有錢人。婆婆凜子的計畫看起來好像不錯，但是那個女人到底能不能妥善的處理家務呢？福子帶著一大筆錢嫁過來固然很好。可是一旦有了嫁妝，新娘子的氣焰就更囂張更任性妄為。庄造也會因為指望那些嫁妝而變得更加的懶惰。最後當母子媳婦三個人，因為彼此各自的盤算不同卻都落的一場空時，家裡一定會陷入無止盡的爭吵中。到那個時候他們才會知道前一個媳婦的可貴。想著「品子才不像福子那樣不檢點，像這種時候品子會那樣做、這樣做」之類的。不只庄造，就連凜子也會承認是自己失策而開始感到後悔。至於福子那個女人一定會故態復萌，狠狠的把家裡攪得天翻地覆之後丟下一切揚長而去。這些事情現在就可以清楚的預料到，品子只差沒有打包票說一定會發生。但可惜的是，有些可憐蟲們卻不明白這一點。品子內心暗自冷笑著等待那個時機的到來。但是出於謹慎，在漫長等待的時間裡，想辦法把莉莉要過來也是計畫中重要的一環。

在教育程度上品子一直覺得自己比不上福子，畢竟福子去過學校一、兩年。但如果說到頭腦的靈活，品子絕對有自信不會輸給福子或是婆婆凜子。在品子決定要利用照顧莉莉這個手段的時候，對於自己竟然想得到這麼好的點子也覺得佩服。因為一旦把莉莉安置在這裡，恐怕無論颳風或是下雨，只要庄造想到莉莉就會想到自己。久而久之庄造對莉莉的同情不知不覺中就會轉移到自己的身上。這樣一來，不管經過多久，彼此在精神上會一直著有無法切斷的牽絆。而且將來那兩人感情生變的時候，庄造在想念莉莉的同時也會順帶想念起之前的老婆吧。而且，品子至今沒有再嫁，只和一隻貓相伴孤單的一起生活，這件事應該能博取旁人同情的眼光，就算是庄造想必也不會有什麼反感。等到庄造漸漸地開始厭惡福子的時候，品子根本不用出手就可以離間他們之間的感情，到時候很快就能和庄造復合。……嗯，這一切如果順利進行的話就可以得到幸福，這也是她自己的打算。問題就出在莉莉能不能很順利地的被送過來，這件事的關鍵在於，只要可以成功的煽動福子的忌妒心，一切就能順利進行。所以在給福子的信件中，品子的每一句抱怨都是經過深思熟慮才寫下來的，並不是單純的惡作劇或者惹人討厭而已。對於那些可憐但是腦袋不好的對手，就是要讓她去猜測「品子為什麼想要一隻自己不喜歡的貓呢？」對方不僅想不到自己真用的用意，還要去做一些可笑滑稽的猜測，做出一些幼稚的舉動，這些都讓品子忍不住產生一股優越感。

總之就是因為這些原因，所以不論莉莉逃走時自己的沮喪，以及回來時失而復得的喜悅有多麼強烈，那些畢竟都是基於「深謀遠慮」的算計下所產生的情緒，並非真的對莉莉有多麼依依難捨的情感。但是自從莉莉來到這個家一起和品子在二樓生活之後，事情卻產生了完全超乎想像的變化。每天晚上，品子把這隻帶著陽光味道的老貓抱在懷裡一起睡覺，不禁會想「為什麼貓會這麼的可愛呢？」同時又想著「為什麼以前沒有發現牠的可愛之處呢？」品子因此陷入後悔又自責的念頭當中。在蘆屋的時候，一開始品子是抱著一種自己也說不清的反感在抱著莉莉，所以眼中完全都看不到這隻貓的優點。其實說起來應該也是因為吃醋的緣故。因為吃醋，所以本來可愛的東西就變得可恨。例如，寒冷的時候鑽進庄造被窩裡的貓可恨，縱容貓鑽被子的庄造也同樣可恨。然而到了如今，什麼憎惡怨恨的情緒都沒有了。現在的品子，已經能深切地感受到一個人獨眠的淒冷。但是聽說貓的體溫比人類更高，所以更怕冷。據說，貓的夏天就是土用[1]的那三天而已。這麼說來，現在已經秋天過一半了，那麼老貓莉莉渴望一個溫暖的被窩也是理所當然的吧。更重要的是，品子自己對於和貓一起睡覺會變得暖和這件事有什麼想法呢？在往年，如果像這種天氣，晚上沒有熱水袋根本沒有辦法睡覺，但是今年不使用這個東西也不覺得冷，是因為莉莉也鑽進了被窩的關係吧。品子現在每天晚上睡覺已經沒有辦法離開莉莉了啊。說到以前，她討厭莉莉的任性自我，討厭莉莉因人而異的態度，討厭牠身上帶著陽光的味道。如今想來，那都是因為自己對牠的感情不夠才會這樣啊。貓有貓的智慧，牠們很會察言觀色，現在的自己帶著以往沒有的情感真心的對待牠。所以牠才會回到這裡讓自己這麼親密的照顧牠，這就是最好的證明。而且恐怕早在品子發現自己的心情變化之前，莉莉更早就察覺出了品子的改變。

品子至今都一直認為自己無論是對貓或是愚蠢的人類，都沒有辦法產生細膩的感情，要表達出來更是難上加難。其中的一個原因，是來自於婆婆凜子以及其他人們，大家都覺得自己非常強勢，於是在不知不覺中就認為自己真的如同別人說的一樣。但

1　土用：土用指的是立秋前十八天裡，是夏天最熱的時刻。在這當中最熱的三天對貓來說就是夏天。

是回想這段期間對莉莉的辛苦付出和照顧，品子也非常驚訝自己竟然擁有這樣溫柔體貼的情感。記得以前庄造照顧這隻貓的時候絕不假他人之手。品子每天看著他處理莉莉的食物、每隔兩三天就到海邊去更換貓砂、假日的時候幫牠抓跳蚤、幫牠洗澡、要注意不能讓牠的鼻子太乾、也不能讓牠的排泄物太軟、要留意不要讓牠脫毛等等，這些事情庄造都非常小心翼翼，一旦出現異狀馬上就會讓莉莉吃藥，非常盡心盡力的照顧牠。當時品子看到一向懶惰成性的庄造竟然為了莉莉變的這麼勤快，反而漸漸覺得有一些反感。但是回過頭來看看現在的自己，不是正做著庄造曾經做過的事嗎？而且自己還不是住在家裡呢。當初住下來時就已經說好條件，自己不是來吃閒飯的，必須要交伙食費給妹妹夫妻。所以對品子來說，其實養這隻貓並不是那麼輕鬆的事。如果是在自己的家，可以到廚房找一些剩下來的東西給莉莉吃，但是現在畢竟寄人籬下，就沒有辦法這樣做。品子只能將自己的食物留一些下來，或是去市場找找看有沒有東西給莉莉吃。品子原本的生活已經過得非常拮据，所以為貓張羅東西這件事還是增加了不小的負擔。另外一個讓品子困擾的就是貓砂。蘆屋的家離海邊只有八、九百公尺的距離，所以貓砂的取得很方便。但是品子這個位於阪急沿線的住所離海邊非常遙遠。尤其是最初的兩、三次，品子特地去工地拜託，請他們幫忙給一些沙子。但是最近這附近的工地都沒有沙子了。即使如此也不能把貓砂放著不換，一旦不換會臭氣沖天，甚至連樓下都會充滿了那個臭味，到時候妹妹夫妻一定會露出厭惡的臉色。最後品子沒有辦法，只能在深夜人靜的時候拿著小鏟子去農地旁邊挖一些土，或是去小學運動場的溜滑梯下面偷一些沙子。因為是在深夜悄悄進行，所以常常會引來狗吠或是被奇怪的男人尾隨之類的。……如果不是為了莉莉，誰會願意去做這些吃力不討好的事呢？但是話說回來，如果是為了莉莉才願意忍受這一切的麻煩，這究竟又是為什麼呢？回頭看看過去，在蘆屋的時候，當時自己對這隻貓的關懷為什麼連現在的半分都做不到呢。當時的自己如果能有這樣子的心意，也許根本就不會鬧到和丈夫離婚的地步吧。現在吃了苦頭，有了慘痛的經驗之後，心裡更是後悔無比。仔細想想，其實這件事並不是誰的錯，只不過是大家都不夠體貼細心罷了。自己連一隻無罪又可愛的貓都無法疼愛，這樣的女人，難怪會被老公嫌棄。也正是因為自己有這個缺點，才讓周圍的人有機可趁吧！

進入十一月之後，早晚的寒氣變得非常明顯，夜晚不時從六甲吹來的山風冷嗖嗖的從門縫中灌進來，品子和莉莉比之前更加緊密地貼近彼此，經常相互擁抱發抖著入睡。當品子終於忍不住開始使用暖水袋時，莉莉的喜悅可想而知。每天晚上品子就靠著熱水袋和貓身上的體溫來暖和自己的被窩，一邊聽著身邊傳來呼嚕呼嚕的聲音，一邊靠近懷中的莉莉，然後在牠耳邊說：

「你這小東西可比我重感情多了。」或者是對牠說：

「因為我的關係，你才會變得這麼孤單，對不起啊！」又或者：

「馬上就要結束了，再忍耐一陣子，我們就可以一起回蘆屋的家囉。這一次我們三個一定要好好的一起生活喔。」說著說著淚水不自覺地就流了下來。在這夜深人靜、黑漆漆的屋子裡，明明除了莉莉之外誰也看不到她的樣子，但品子還是慌慌張張的把棉被拉起來整個蓋住自己。

下午四點過後福子說要回今津的娘家。在她出門之後原本在後面走廊擺弄蘭花盆栽的庄造，像是終於等到時機一般站了起來，對凜子喊了聲：

「媽！」

正在洗東西的凜子似乎因為水流的聲音並沒有聽到，於是庄造提高聲音再喊一次：

「媽！」

「店裡就拜託妳了……我有點事要出去一下。」，這時嘩啦啦的水聲突然停住。

「你說什麼？」凜子沉穩的聲音透過拉門傳出來。

「我，有點事要出去一下。」

「去哪裡？」

「就出去一下嘛。」

「去做什麼？」

「妳問那麼清楚做什麼啦！」

庄造說著忽然擺出不高興的表情，鼻孔也撐的大大的。但隨即又回過神來，用他那天生就帶有的撒嬌口吻說：

「拜託啦，三十分鐘就好，可以讓我出去撞球嗎？」

「是嗎？你不是和福子約定過不撞球嗎？」

「我只玩一遍就回來。我已經半個月沒去了，拜託啦，真的。」

「可不可以我可不敢答應，等福子在的時候你自己跟她說吧。」

「為什麼啦？」

很奇妙的，一聽到這樣咬牙切齒的聲音，在後門蹲在洗臉盆邊的凜子可以清楚的想像出，那小子生氣時無理取鬧的表情。

「為什麼每一件事情都要問老婆才可以。好不好都要聽福子的，難道連媽妳也要聽他的嗎？」

「也不是這樣，是因為福子拜託我稍微留意一下嘛！」

「那這樣，母親不就變成福子的線人了嗎。」

「說什麼傻話呢。」

說完之後凜子就不再理這小子，後面又傳來了洗東西嘩啦啦的水聲。

「妳到底是我媽還是福子的媽啊？是誰的啦？啊？誰的啦？」

「好了不要再說了，講那麼大聲，讓鄰居聽到太不像話。」

「那妳洗完東西，就趕快過來一下。」

「知道了。我什麼都不會說的，你想去哪裡就去吧。」

「哎唷，不要那麼說嘛，妳過來就對了。」

庄造不知道想到什麼，突然跑到後門流理台那裡，凜子蹲在那裡洗東西，滿手都是肥皂泡。庄造抓住凜子的手腕，就直接拉著往屋子裡面走去。

「媽！趁這個難得的機會，有個東西妳來看一下。」

「什麼啦！急急忙忙地⋯⋯。」

「妳看看這個東西。⋯⋯」

住家的後面有一間六張塌塌米大小的房間，庄造夫妻用它來當做起居室。庄造拉開起居室裡的壁櫥，下方的角落堆放著的行李箱和小型櫃子，只見那夾縫暗處中，塞著一堆紅色蓬鬆的塊狀物。

「媽妳看那裡的東西，妳覺得是什麼？」

「那個嗎⋯⋯？」

「那些全部都是福子的髒衣服。她穿過之後都不洗，就那樣丟著然後一直堆一直堆。那個地方都是髒東西，櫃子抽屜根本就打不開。」

「這也太奇怪了，那孩子的衣物一直都有送去洗衣店清洗啊！」

「這樣的話，難道只有這個和服襯裙不能拿出去洗嗎？」

「嗯？這些都是和服襯裙嗎？」

「是啊。再怎麼說一個女人這樣子實在是太邋遢了，我都嚇傻了。媽妳稍微留意一下，就應該會發現她這壞習慣啊，妳應該要好好罵他一頓吧？妳每次都對我嘮嘮叨叨的。現在福子做了不好的事，妳還打算裝作沒看到嗎？」

「我怎麼會知道這個地方藏了這些東西呢……。」

「媽！」

庄造突然嚇一跳似的叫出聲來，原來是凜子爬進壁櫥去，把那些髒東西開始一件件地拿出來。

「那個，妳打算怎麼辦呢？」

「我想把裡面打掃乾淨。……」

「不要啦！很髒！……快住手啊！」

「沒關係啦，交給我就好。⋯⋯」

「什麼嘛，不像話。哪有做婆婆的去摸媳婦的那些髒東西啊！我可沒叫媽妳做這種事，我是要妳叫福子自己來處理啦。」

但凜子裝做沒聽到庄造的話，還是繼續收拾。在昏暗的壁櫥深處拿出了五、六件綁得圓圓的紅色的東西，然後用兩手抱著，隨手就拿到後門去，將髒衣服丟進了洗衣用的水桶中。

「媽，妳就非得幫她洗乾淨嗎？」

「不要介意這種小事，男人閉嘴啦。」

「自己的衣服要自己洗啊，為什麼她不自己洗呢？」

「你很囉唆耶，我只是把這些先泡水而已，福子發現了就會自己來洗啦。」

「妳真是的，別傻了，她是能發現這種事的女人嗎？」

母親雖然這樣說，但是她一定會動手幫福子洗。這讓庄造更是覺得怒火難消，於是他連衣服都沒換就穿著棉織衫，套上玄關的草屐，騎著腳踏車就出門了。

剛剛跟母親說要去撞球。雖說原本是真的打算去撞球，但是剛才發生的事讓他心煩氣躁，撞球什麼的已經不重要了。庄造漫無目的的騎著腳踏車，邊按著鈴鐺沿著蘆屋川的步道直直的騎上了新國道。接著經過業平橋，然後往神戶的方向騎去。時間還不到五點，又長又直的國道另一邊，深秋的太陽正在西沉，西斜的太陽像一條粗長的帶子，幾乎平行的照射在路面上。路上的人和車子有大半面都沐浴在紅色光線中，然後在地面上拖曳出一道道長的影子。柏油路上反射出鋼鐵般的光芒，向著夕陽而去的庄造為了避開刺眼的光，低下頭斜著脖子直向前騎。庄造經過森市場來到小路公車站，忽然看到平交道對面某一家醫院的圍牆外，塌塌米店的塚本擺了檯子正在不停地縫製塌塌米。庄造打起精神騎著車過去。

「在忙嗎？」

「你好。」塚本手也沒停地只用眼睛跟庄造打招呼，他想趁著天黑前完成工作，雙手在塌塌米中不停穿梭著。

「現在這個時間你要去哪裡？」

「沒什麼，就稍微到這邊來看一下。」

「有什麼事要找我嗎？」

「不不不，沒事。」庄造回完之後才猛然想起一件事，只好堆起了含糊的假笑說：

「我只是剛好從這邊經過，跟你打聲招呼而已。」

「這樣啊。」

塚本似乎沒有時間理會突然停在自己面前的庄造，回完話馬上又彎下腰繼續他的工作。站在庄造的角度來看，就算再怎麼忙你也應該打招呼，說說「最近怎麼樣啊？」、「莉莉的事你已經死心放棄了吧？」這一類的問候才對。但是令人意外的，塚本似乎一點都不在意這些事。反而自己在福子的面前還要拚命隱藏對莉莉的思念。甚至連「莉」這個字都不敢輕易的說出口，心中簡直是充滿了鬱悶。沒想到今天會意外的遇見塚本，庄造本來心想「哎呀，這個男人多少會聽我訴訴苦吧，這樣自己的心情應該會好一點。」庄造以為塚本至少會說一些安慰的話來回應自己滿心的期待，或者是為了久未連絡而道歉才對。因為原本兩人就約定好，將莉莉送到品子這邊之後，塚本必須代為探望莉莉被照顧的情形並傳達給庄造知道。當然這是兩人之間的商議，絕對不能讓品子和福子知道。但正因為有了這個探望的條件，庄造才會放心的把他珍愛的貓送過去給品子。可是自從莉莉送過去之後，塚本一次也沒有實現過這個約定。他欺騙了自己，現在還裝出一臉什麼都不知道的樣子。

話說回來，塚本沒有裝不知道的理由啊。難道是因為白天的工作太忙而忘記了嗎？幸好在這裡遇到他，雖然庄造有滿腔的話想說，但是看到塚本這麼認真在工作，更沒有辦法自顧自地談起貓的事。不僅說不出口，也沒有辦法大聲責問。庄造在夕陽的餘暉中，看著塚本手中的針不斷閃出耀眼的光芒，不知不覺看得入迷，整個人就這樣恍恍惚惚的站在那裡。剛好這一帶是國道中住戶比較少的地方，南邊有一個養著食用蛙的池塘，北邊有一座新的地藏王菩薩，用來悼念因交通事故而死亡的人們。在醫院的後方有一片稻田。遠處則是位於阪急沿線的群山，就在剛才，重疊的山脈都還看起來非常的鮮明清楚，現在卻已經壟罩在黃昏的暮色中了。

「那麼，我先告辭了。⋯⋯」

「再來玩啊。」

「下次有空再過來。」

庄造一隻腳踩上腳踏車的踏板快速的踩了兩、三步。即將要離開的時候，又一副果然還是沒有辦法放棄的樣子，回過頭來說：
「那個⋯⋯」、「塚本先生，我知道很麻煩你，但是我想問你一件事。」
「什麼事？」
「我現在想過去六甲那邊看看。」
終於把一個榻榻米縫完的塚本站起來，聽到庄造的話露出有點吃驚的表情說：
「你想要做什麼？」。然後把手中抱著的塌塌米又放回檯子上。
「因為，從那之後我完全不知道情形變得怎麼樣。⋯⋯」
「不會吧！你是認真的嗎？你別這個樣子啊，一點都不像個男人。」
「不是這樣的，塚本，不是你想的那樣。⋯⋯」
「所以啊！我當初就跟你確認過了，你說你對那個女人沒有任何的留戀，光是看到她的臉就覺得可恨不是嗎？」
「那個，塚本先生請等一下，我不是說品子，我說的是貓。」

「什麼？貓？……」

塚本的臉上突然浮現了笑容。

「啊啊！原來是貓啊！」

「對啊。你那個時候答應我會去看看品子是否有好好照顧莉莉。你記得吧？」

「我有答應過你嗎？但是今年因為水災的關係一直很忙。……」

「我就是知道這一點。所以才沒有要求你去啊。」

庄造的話中有嘲諷的語氣，但是塚本似乎完全沒有感受到，

「你啊，還是沒辦法忘了那隻貓是嗎？」

「怎麼忘得了呢？從那之後我就一直擔心牠會不會被品子那個女人欺負，不知道適應得好不好，幾乎每天晚上都夢到牠。但是在福子的面前又不能談這件事，我真的太痛苦了。」庄造捶胸頓足的，哭喪著臉繼續說：

「……老實說，我一直都想去看看那隻貓，但我這個月沒有辦法到處亂跑。有沒有

什麼辦法可以不要碰到品子那女人，但是可以偷偷見到莉莉呢？」

「這樣啊，我想應該很難吧。……」

塚本手邊不停整理著檯子上的榻榻米，邊有點打發庄造快走的意思。

「你去那裡很難不被發現吧。另外，如果她們認為你不是去看貓，而是對品子餘情未了的話，麻煩就大了。」

「一旦他們這麼想，就很難看到莉莉了吧。」

「你還是放棄吧，東西一旦給了人家，想再多也沒有用。是吧，石井……」

「我說那個……」庄造沒有回答塚本的話反而接著問了其他的事。

「那個：品子平常是一直在二樓嗎？還是樓下呢？」

「她平常是住在二樓，但是也會下樓來吧。」

「沒有不在家的時候嗎？」

「這我就不知道了。因為她平時都在做針線，所以大部分時間都在家吧。」

「她都什麼時間洗澡？」

「我不知道耶。」

「這樣啊。謝謝。我告辭了。」

「石井⋯⋯」

就在塚本抱起榻榻米的時候，庄造已經騎上腳踏車離開了三、四公尺的距離，塚本對庄造喊道：

「你真的要去嗎？」

「我還沒想到要怎麼做，總之先去那附近看看吧。」

「你要去是你的事，但是如果出了什麼事的話，你可不要叫我幫你處理啊。」

「這件事情請你不要告訴福子和我母親，拜託了。」

於是庄造腦袋不知想著什麼，若有所思的騎著腳踏車往平交對面騎過去。

去到那邊之後，有什麼方法可以不要遇到那一家人，然後悄悄的見到莉莉呢？品子的公寓後面空地上剛好有白楊樹和雜草堆，自己也只能躲在裡面耐心的等莉莉出來。但是天色已經這麼晚了，就算出來也很難看得見吧。再加上初子的先生快要下班了，初子為了準備晚飯也會在後門那裡忙碌，自己總不能像闖空門的小偷一樣偷偷摸摸的在附近徘徊吧。下次應該要更早一點過來。其實，能不能見到莉莉在其次，已經很久沒有像這樣偷偷背著老婆，自己在外面到處閒晃的庄造開心的不得了。事實上如果錯過今天的機會，庄造就必須再等上半個月。福子經常回娘家去跟他父親要零用錢，大致上是一個月兩次，分別是在一號和十五號左右。如果回去一定會留在那邊吃晚飯，最早也要八、九點左右才會回蘆屋。所以今天庄造還有三、四個小時的自由時間。如果他忍得住飢餓還有寒冷，那麼至少有兩個小時可以在那個空地裡等待。莉莉在晚飯後一向有外出散步的習慣，如果沒變的話，也許今天就有機會看到莉莉。尤其莉莉喜歡在餐後到草地上吃一些綠色的葉子，這麼說來，在這個空地就更有希望可以遇到莉莉。……庄造一邊想著這些事，一邊騎車來到甲南女校前門附近，他將腳踏車停在國粹堂收音機店前面，從外面往店裡張望了一下，確定老闆在之後才開口：

「午安。」庄造將外面的玻璃門打開一半。

「真的很不好意思，可以跟您借二十錢嗎？」

「二十錢就夠嗎？」

老闆的表情像是說「雖然我們不是不認識，但彼此的交情並沒有熟到可以突然來借錢的地步吧。」話雖如此老闆也沒有直接拒絕庄造，他從手提金庫裡面拿了兩個十錢的銅板默默交到庄造的掌心裡。庄造馬上跑進對面的甲南市場，之後懷裡捧著紅豆麵包跟竹葉包回來。

「可以借一下廚房嗎？」

庄造看起來是個善良的人，但個性上又同時有著厚臉皮的特質，像這樣拜託別人已經是習以為常的事，所以當老闆問他「你要做什麼？」他也只回答「要弄點東西。」然後默默地笑著，自己就往後門走進廚房去。庄造把竹葉包著的雞肉放在鋁鍋裡面，然後打開瓦斯用水把雞肉燙熟，期間大概跟老闆說了二十遍「真是不好意思啊。」然後邊道歉邊說「一直麻煩你真是不好意思，可以再借我一個東西嗎？」

庄造又跟老闆借了腳踏車的夜燈，老闆從裡面出來手上拿著一個燈籠，上面印了「魚崎町三好屋」的字樣，不曉得是哪個外送店的舊燈籠。

「這個你拿去用吧。」

「哇！這是很厲害的古董喔。」

「不是什麼了不起的東西，你下次拿回來還就好了。」

因為外面的天色還有一點亮，所以庄造把燈籠掛在腰間就騎上車走了。他騎到阪急車站前那座標著「六甲登山口」的大柱子旁，把腳踏車寄放在角落的小茶屋，從這裡到他的目的地大概有四、五百公尺的距離。庄造沿著有點陡峭的坡路往上爬，到了目的地之後，庄造繞到北邊後門的附近，進到空地裡找了一處有兩、三公尺高相當茂密的草叢，蹲在陰暗處屏氣凝神的等待。

他打算蹲在這裡吃著剛剛買的紅豆麵包，然後等上兩個小時。如果在這段時間內能夠遇到莉莉出來的話，自己可以把雞肉餵給牠吃，還可以跟牠玩，讓牠跳到自己的肩膀上舔舔自己，一起開心的玩一下。

雖然今天是因為發生了很不開心的事，才漫無目的的跑出來。然而雙腳卻自然而然的往西邊的方向過來，而且沒想到會遇見塚本，終究才在途中下定決心一路騎到了這裡來。早知道會變成這樣就應該穿著外套才對。庄造穿著棉質上衣，裡面只有毛料的襯衫，這種天氣蹲在這裡真的是寒風刺骨。庄造縮著肩膀，仰望著已經開始閃耀星辰的夜空。一直到穿著草屐的腳觸碰到冰冷的葉子，他突然想起摸了摸身上，這才發現帽子和肩膀上都沾了很多露水。原來這裡這麼冷，如果兩個小時一直在這裡等的話，自己可能會感冒。這時從廚房那方向傳來烤魚的味道，莉莉聞到這味道應該會從外面回來，庄造心裡不禁升起一種異樣的緊脹感。庄造試著發出小小的聲音喊著「莉莉！莉莉！」同時想著有沒有一種暗號是只有他和莉莉之間才能了解，而這家人不知道的呢。庄造蹲著的草叢前面葉子長得非常茂盛，在葉子當中露出閃閃發亮的光，庄造知道那可能是葉子上的露水，或者是從某個遠處照過來電燈的反射，但還是會不由得心跳加速的猜想，那會不會是莉莉的眼睛啊。「…啊，是莉莉吧，好開心啊！」只要這麼一想就會感覺心跳加速，胸口附近一陣戰慄。然後在接下來的瞬間又落入失望中。說來可笑，庄造至今仍未有過像這樣悸動的心情，最多就是以前和咖啡店的女人玩玩而已。說起戀愛經驗的話，就是瞞著前妻，和福子偷偷摸摸的來往的那段期間，有一點有趣又緊張，還有一點刺激感以及不安定的心情。但那還是在雙方的家長眼皮子底下瞞著品子進行的，所以沒有鬧出什麼太大的動靜，也不用辛苦地在夜風中啃著紅豆麵包受凍，也不需要千方百計才能見對方一面。

庄造一直以來都被母親和老婆當做孩子來看待，他對於自己被當作不能獨立的低能兒感到非常的不服氣。但是並沒有人能聽他訴說這一些不滿，那些情緒一直悶在心裡，他總覺得自己非常孤獨，沒有人可以依賴，所以他才會那麼疼愛莉莉。實際上不只品子，即使是福子和母親也都不了解他的寂寞心情。只有牠！只有莉莉那雙哀愁的雙眼可以看透他的心事，給他一點慰藉。同時，也只有自己才能夠明白莉莉的內心深處的悲哀，那是身為畜生面對人類時所無法表達出來的心情。然而，他們彼此卻這樣分別了四十幾天。事實上這段期間庄造也曾試著想要努力放棄這件事，而對於母親和福子的不滿也正不斷地累積，這樣子鬱悶的心情又無處發洩，於是想見莉莉一面的念頭又再度燃起，再也無法壓抑。

從庄造的立場來看，門禁嚴格到連他的出入都要干涉，簡直就像在他的思念上點了一把火似的，讓他就算想忘也忘不掉。還有另外一件事情讓他很介意，塚本在事後完全沒有跟他報告任何關於莉莉的狀況。當初明明已做了約定，可是為什麼塚本把莉莉帶走後，卻都沒跟自己聯絡呢？也許他的工作真的很忙，但這並不是突然增加的工作啊。恐怕是為了不讓庄造擔心，所以隱瞞了什麼事吧。比如像是莉莉被品子虐待沒有東西吃變得非常虛弱，還是因為逃出去卻行蹤不明呢？或者是病死了呢？自從莉莉被送走之後庄造經常夢見這些事，睡到半夜會突然醒來，彷彿聽見從哪裡傳來「喵」的叫聲，這種情形已經不只一兩次，所以庄造會假裝要去上廁所，然後悄悄的打開遮雨板看看。因為時常有這樣子的幻覺，所以庄造不禁猜想自己所聽到的聲音，以及夢裡看到的身影難道是莉莉的魂魄嗎？會不會是因為逃出來卻死在半路上，所以只有魂魄回來？一想到這裡庄造就忍不住渾身顫抖。只是，縱使品子再怎麼壞心眼，塚本再怎麼不負責任，如果莉莉真出了什麼事，他們也應該不會隱瞞吧。所以庄造告訴自己毫無音訊就是最好的消息。只要腦中一浮現那些不吉利的想像，庄造就拚命的把它壓下去。即使心中如此的焦慮，庄造依舊守著對老婆的忠誠，一次也沒有往六甲的方向去過。不僅僅是因為家裡對他的監視很嚴苛，品子狡猾的企圖也讓他覺得很不甘心。雖然他到現在對於品子把莉莉奪走的用意還不是很清楚，但是依照這情形來看，塚本都沒有對自己報告任何事，這應該就是出於品子的指示吧。

「這個女人就是這樣子，她心裡就是打算讓自己擔心然後引誘自己過去。」庄造因為有這樣的猜忌，所以「確認莉莉安危的欲望」，和「不想自己眼睜睜地落入品子的圈套」，兩種心情幾乎是一樣強烈。庄造無論如何也想見莉莉一面，但是又不想被品子遇到。因為她一定會擺出那副賣弄聰明的樣了「你總算還是來了吧。」光想到她那個表情，庄造就覺得噁心。

原本庄造就是個狡猾的人，很會利用人心，在人前會表現自己的懦弱，照著別人所說的去做。把品子趕出門這件事，表面看起來是凜子和福子在主導，但事實上庄造可能比誰都更討厭品子。就算現在回想起來，庄造還是覺得這件事自己做的太對了，太痛快了，對於品子他完全不感到同情。

品子現在一定是在二樓那間亮著燈光的玻璃窗裡面。庄造蹲在草叢裡緊緊地盯著二樓的燈光，眼前又浮現品子把人當笨蛋又自以為聰明的嘴臉，心情變得更差。好不容易才來到這裡，至少我要聽一聲那令人懷念的「喵」再回去。只要確認品子有好好的餵莉莉，自己也可以安心。自己來到這裡是為了莉莉，所以一定要找機會偷偷的看一下裡面，…如果再靠近一點，就可以悄悄的把初子叫出來，把自己煮的東西交給她，然後問問莉莉的近況。…庄造想要這麼做，但是當他看著樓上的燈光，想到品子的臉，雙腳就再也無法往前邁進一步。如果真的叫了初子，說不定她會誤會，可能會跑去二樓叫她姐姐，或至少事後她也會跟家裡的人提起這件事。品子要是因此覺得「我的計畫差不多快成功了」而得意洋洋的話，自己也會覺得不舒服。

只是，光是在空地上一直等的話，就必須要莉莉出來剛好經過這裡才能遇見。但是就目前為止的狀況看來，今天幾乎沒有希望了。庄造把口袋裡的紅豆麵包拿出來都吃掉後，發現從剛剛開始已經過了一個半小時。他開始有點擔心家裡的情況。如果只是母親在的話就沒什麼問題，但萬一福子比自己先到家的話，今天晚上恐怕他又沒得睡了，明天早上又會全身青一塊紫一塊的。如果光是這樣就算了，就怕明天開始他的行動又會受到嚴密的監視。說來奇怪，自己在這裡已經蹲了一個半鐘頭，連些微的貓聲都沒有聽到，該不會這段期間經常夢到的內容是真的吧。難道莉莉已經不在這個家了嗎？如果剛剛烤魚的香味傳來的時候是這家人在吃晚飯的話，莉莉應該也會吃到，那牠吃完飯就應該會出來吃葉子才對。但是莉莉並沒有出來，庄造心理總覺得怪怪的……。

庄造再也忍不住了。他從草叢中起身悄悄的跑到後門旁邊，湊近門縫間偷看。這時候樓下遮雨窗已經都關起來了，斷斷續續傳來初子叫孩子們去睡覺的聲音，除此之外一片安靜。二樓的玻璃窗如果能夠看到莉莉的話不知多好，就算只有一下子庄造也會開心的不得了。但是只能見到白色的窗簾靜靜的垂掛著，窗簾的上方是暗的，下方亮著一些燈光。可能是品子打算在夜裡加班，所以把天花板的大燈關掉，只留了檯燈的關係吧。庄造的腦海中突然浮現品子在燈光下專注地縫著衣物，身邊的莉莉溫順的把身體縮成一團，在她身邊安穩的睡著。秋天的漫漫長夜中亮著的那一盞燈，把莉莉和品子圈成了兩人世界，其他地方則是一片朦朧的黑。……夜更深了，莉莉微微發出打鼾聲。品子仍舊繼續默默地縫著衣物。這個畫面雖然寂寞但卻平靜。……在那個玻璃窗裡的畫面竟然是這樣的。……到底發生了什麼奇蹟呢？莉莉和品子的感情變得這麼好。……如果庄造真的看到了這個景象應該會吃醋吧。說真的，如果莉莉忘了以前的事情而滿足於現狀的話，庄造當然會非常生氣。但是如果被虐待或是死掉的話卻更令人難過。無論是哪一種都會讓庄造很不好受，所以可能還是什麼都不知道比較好吧。這時候樓下的時鐘傳來：「噹！……」時鐘敲半點的聲音，已經七點半了。……庄造想到這個時間，像是突然被撞到似的站起來離開，兩三步後又折返回來。小心地把懷裡的雞肉拿出來，走到後門口、垃圾箱，以及附近到處東看西看。他想要找一個只有莉莉能夠發現到的地方來放食物，如果放在草叢中，狗可能會聞到味道跑來。但放在這裡的話，可能會被這家人發現。所以庄造想不到好的方法。不，其實已經沒有辦法考慮這件事了。最慢在三十分鐘內，庄造如果不回到家的話可能會引起另外一波騷動。

「老公！你今天到哪裡去了？」

……庄造耳邊彷彿聽到福子氣勢洶洶憤怒質問的樣子。庄造慌張的在草叢中打開了雞肉，然後把竹葉的兩邊用小石頭壓住，又在雞肉的上面放了一些葉子蓋著。然後飛也似的離開空地，朝自己寄放腳踏車的小茶屋奔去。

• 福子和庄造

那個晚上福子比庄造晚兩個小時回家，她和庄造聊起和弟弟去看拳擊比賽的事，看起來心情非常好。隔天，他們很早就吃完晚飯，福子對庄造說：

「陪我去神戶吧。」

於是兩夫妻就一起去了新開的的聚樂館。

根據凜子的經驗，福子只要回今津的娘家，剛回來的那五、六天到一個禮拜，口袋裡會有很多零用錢所以心情很好。在這段期間她會非常的浪費，也會約庄造一起去看兩場電影或歌舞劇之類的。這期間兩夫妻的感情會變的不錯，可以說是非常融洽。但是經過一個星期福子口袋開始空了以後，就每天在家裡無所事事，光是吃些零嘴啊看個雜誌什麼的，還會罵庄造。至於庄造這個人，在老婆口袋有錢的時候就裝著一副老實的乖樣子，等老婆口袋空空的時候他的態度就大轉變，開始擺出臭臉，回答事情也含糊不清。結果到最後都是凜子被牽連，最倒楣的反而是她。所以只要福子回今津的家凜子就會鬆口氣，家裡也會太平一段日子。

今天又是剛好一週和平的開始，就在兩夫妻去神戶後的三、四天，某個傍晚，兩夫妻正在吃晚餐，福子看著坐在茶几前的庄造說：

「上次看的電影實在是不怎麼樣。」

福子酒量不錯，說話時眼睛好像帶著一些醉意。

「⋯喂！你覺得怎麼樣？」

說完把酒壺拿起來，庄造順勢就把酒壺拿到自己這邊來，主動要幫福子倒酒。

「再來一杯吧。」

「我已經不行了，我醉了。」

「沒關係啦！再一杯就好。」

「在家裡有什麼好喝的⋯唉！不說這個，我們明天要去哪裡玩呢？」

「好啊！我很想出去呢。」

「零用錢都還沒怎麼用呢，最近我們都在家裡吃完晚飯才出去。只看了電影，所以身上還有不少錢。」

「這樣的話……要去哪裡呢！」

「去看寶塚歌舞劇團吧，這個月不知道演什麼？」

「歌舞劇吧……。」

也許是因為等下想要討論去溫泉的事情，所以庄造的表情看起來興致並不高。

「……既然還有很多零用錢的話，應該可以玩點更有趣的吧。」

「你想去哪裡？」

「你想不想去賞楓？」

「去箕面嗎？」

「箕面不行啦，上次的水災已經把那裡都淹沒了。我更想去很久沒去的有馬看看，怎麼樣？妳贊成嗎？」

「真的很久了。⋯⋯我們是什麼時候去的？」

「差不多有一年了。⋯⋯哎不對，我記得那個時候還聽到青蛙在叫。」

「這樣啊⋯⋯那已經一年半了呢。」

那個時候兩個人才剛剛偷偷在一起，有一天他們約在阪神國道公車的終點站潼道見面，然後轉搭神有電車到有馬，在御所坊旅館的二樓房間裡休息。一邊聽著溪水的聲音一邊喝啤酒，睡睡醒醒的過了非常悠閒的半天，這時兩個人都想起了當時的事。

「這樣的話還是去御所坊的二樓吧。」

「比起夏天，這個時候去更好，可以看紅葉，可以泡溫泉，然後悠閒的吃個晚餐。⋯⋯」

「好喔！好喔！。就這麼決定了。」

隔天他們跟旅館訂了較早的午餐，福子從九點就開始準備打扮。她從鏡中看著庄造說：

「老公！你的頭髮很亂耶。」

「可能是吧，我已經沒有半個月沒有去理髮店了。」

「這樣的話你趕快去現在開始三十分鐘以內要回來。……」

「這樣太趕了。」

「你的頭那麼亂不要跟我走在一起。……趕快去。」

庄造接過老婆遞過來的一元鈔票，左手晃著鈔票出們，理髮廳就在距離自己的店大約一百公尺的東邊。庄造運氣很好，裡面一個客人都沒有。他對老闆說：

「麻煩你動作快一點。」

「要出門嗎？」

「要去有馬賞楓。」

「真是不錯啊。跟老婆一起去嗎？」

「是啊，……因為要早一點到那裡吃中餐，所以她交代我三十分鐘內要把頭髮理好。」

三十分鐘之後，

「祝您玩的愉快，一路順風慢走。」一庄造離開店裡，身後還傳來老闆的話。當他回到家裡不經意地想踏進店裡時，裡面突然傳來福子不尋常的聲音，庄造吃驚地站在玄關。

「媽！妳為什麼把這件事情隱瞞到現在呢？……」

「……發生了這種事，為什麼沒有跟我說呢？……媽妳應該是站在我這邊的啊。還是說一直以來妳都在袒護他們。……」

福子非常不高興的時候講話的聲音都會變得很尖銳刺耳，母親在一旁明顯是說不過她的樣子，偶爾才回一、兩句。凛子似乎是想要矇騙過關草草了事或是在喃喃自語，聽得不是很清楚。只有福子的咆嘯聲一清二楚的迴盪在屋內。

「…什麼？不一定是去那裡！太荒唐了。借人家的廚房煮了雞肉，如果不是要拿去給莉莉，會是拿去哪裡？…然後又順便把那個燈籠借回來，之後再拿回去還。媽！這些事妳都知道吧？…」

福子抓著母親扯著她那尖銳的嗓音大聲怒罵，這樣的情景雖然很少發生。但是就在他去理髮廳的這短短三十分鐘裡，到底為什麼國粹堂的人會在這時候來要回去他欠的錢和那個燈籠呢？說實話，庄造回來的那個晚上把燈籠掛在腳踏車的前面騎回來，為了不被福子發現盤問，他把燈籠藏在小倉庫的架子上面。母親應該是猜到了，所以拿出來還給人家。但是話說回來，國粹堂明明說什麼時候還都可以，為什麼又突然跑到家裡來呢？應該不至於是捨不得那個燈籠吧？還是因為剛好路過就順便來拿？還是說因為跟老闆借了二十錢沒有還而感到生氣？還有，到底來的是老闆還是店裡的伙計呢？有必要連雞肉的事都說出來嗎？

「…如果庄造只是去看莉莉的話，我絕對不會多說什麼。他雖然說是去看莉莉，但其實並不只是這樣啊。媽竟然是庄造的同夥，想要一起欺騙我，不要以為我會這樣就算了！」

聽到這些話，凜子連一句辯解都說不出來。整個人看起來是那麼低聲下氣，代自己的兒子受到怒火的波及是很可憐，但也有一點活該的味道。庄造心想要是自己被罵的話，福子的怒火絕對不會這樣就結束。當下有種逃過一劫的感覺，庄造馬上擺好姿勢準備一有狀況的時候就趕快逃走。

「……不，我知道了，妳讓庄造去六甲是要商量把我趕出去的事吧。」

福子說完這句話之後，屋內傳來「咚！」一聲，重物倒下的聲音。

「等一下！」

「放開我！」

「妳這樣子是要去哪裡？」

「我要去找父親，讓父親評評理，看看是我不講理，還是媽妳比較不講理。……」

「等等，庄造馬上就回來了。」

兩人似乎是爭執著往店裡的方向走出來。情急之下，庄造慌慌張張的往街上逃去。大約拚命地跑了一千公尺。他不知道接下來發生了什麼事，當他回過神來，發現自己不知道什麼時候已經到了新國道的巴士站前面。剛剛理髮廳找的零錢還緊緊地握在手上。

也正是這一天的午後一點左右，品子趁著早上的時間將手邊的工作完成後正準備送去給附近鄰居，她在日常家居服外面披上一件毛料披肩就小快步從後門出去了。初子一個人在廚房工作，這時後門被悄悄的打開了三十公分左右，喘得上氣不接下氣的庄造正往屋內探頭進來。

「唉呀！」

初子嚇得幾乎要跳起來，庄造見狀連忙鞠躬，笑著叫她：

「初子，⋯⋯」

庄造邊打招呼邊注意後面的動靜。悄悄的把聲音放低，說道：

「⋯那個，剛剛品子從這裡出去了吧？」

庄造看起來很慌張，說起話來又急又快：

「……我剛剛在那邊看到她，但是她沒有發現我，我躲在白楊樹的樹蔭下面。」

「你找姊姊什麼事嗎？」

「沒有的事！我不是找她，我只是想來看看莉莉。」

庄造說到這裡，語氣變得非常的難過，一副可憐又悲傷的樣子。

「初子！那隻貓在哪裡呢？……很不好意思，可以讓我看看牠嗎？只要一下子就好。」

「不是就在附近嗎？」

「應該是沒有，因為我在附近見了一下，還站了兩個小時都沒有看到牠。」

「這樣的話會不會在二樓。」

「品子馬上就會回來了嗎？她剛剛要去哪裡？」

「她去附近送衣物。……大概距離這裡六百公尺的距離，馬上就會回來了。」

「啊啊！那怎麼辦呢，真傷腦筋啊。」

庄造不知如何是好拚命的跺腳，又對初子說：

「初子啊！可以拜託妳嗎？讓我見見莉莉吧。」說完雙手合十拚命的拜託初子。

「…這是我唯一的請求了，妳可以趁現在把牠帶來這裡嗎？」

「你要見牠做什麼呢？」

「我沒有要做什麼。我只要看牠一眼，確定牠沒有事就好了。」

「你不會帶牠走吧？」

「我怎麼會做那種事呢！我今天就只是來看看牠而已，只有這一次！以後再不會來了。」

初子露出有點吃驚的表情緊緊地盯著庄造，似乎在思考著什麼。接著默默的往二樓上去，接著又跑回樓梯中間，探出頭對著廚房這邊的庄造說：

「牠在二樓。」

「找到了嗎。」

「我沒有辦法把牠抱過去，你過來這裡看牠吧。」

「我上去沒關係嗎？」

「看完馬上下來就好了。」

「謝謝妳。……那我就打擾了。」

「你要快一點喔！」

庄造一邊快速的爬上狹窄的樓梯，心臟噗通噗通的跳著。他日思夜想的願望終於就要實現了。能夠再見到莉莉簡直令人欣喜若狂，不知道牠變得怎麼樣？牠並沒有死在野外，也沒有行蹤不明，而是平安無事的待在這個家裡，這真是值得感謝的事。但是不知道有沒有受到虐待、或是變的瘦弱呢。……過了一個半月，牠該不會忘了自己吧？牠會不會非常想念自己的跑過來？或者是像往常一樣害羞的逃走呢？……以前在蘆屋的時候，自己有時兩、三天不在家，再回來時牠都會纏著自己又蹭又舔。如果等一下牠又靠過來，到時被自己拒絕的話又得再經歷一次痛苦。……

「就在這裡。」

明亮的午後，陽光被窗戶的窗簾給遮住了，應該是細心的品子出去的時候拉上的吧。屋內有一點昏暗，房間裡放著炭火盆，令人想念的莉莉就坐在火盆旁邊兩張疊起來的坐墊上，莉莉把前腳縮在肚子下面，背部縮成圓形的，昏昏欲睡的閉著眼。牠並沒有自己想像中的瘦弱，毛色也很漂亮，看起來受到相當好的照顧。品子比庄造所想的要更加用心對待莉莉。除了準備莉莉的兩張專用坐墊之外。庄造還看到房間角落的一張報紙上擺著莉莉已經吃完的空盤子和蛋殼，可見品子準備的午餐中加了生雞蛋。報紙旁邊放著跟蘆屋一樣的貓砂箱。這時，庄造突然聞到了一股特有的味道，那是他幾乎要忘記屬於莉莉的味道，那味道曾經充滿了自己的家裡，無論是柱子、牆壁、床鋪及天花板上無處不在。現在這個味道都已經屬於這個房間了。一想到這，庄造突然湧上了一股悲哀。他嘶啞著聲音叫：

「莉莉……」

莉莉似乎聽到了聲音，懶洋洋的打開了那混濁的雙眼，朝著庄造的方向瞥來冷淡的一眼，除此之外沒有任何激動的樣子。牠把前腳又縮得更進去一點，又動了動背上和耳朵，然後似乎是因為太冷身體抽動了一下，之後忍不住睡意又閉上雙眼睡著了。

今天的天氣並不好，空氣中的濕冷簡直像要滲進身體裡似的，所以莉莉才不想離開火盆吧，再加上剛吃飽胃又膨脹，要牠移動就更辛苦了。庄造相當理解貓慵懶的性格，所以對於牠這樣冷淡的態度已經習慣，並不會覺得特別意外。但是，庄造不知道是不是自己的想像，當看到莉莉眼眶中厚厚的眼屎，以及孤伶伶的蹲在那邊的姿勢時，覺得才短短的時間沒有見到，牠似乎明顯的老了許多。看起來很沒精神又脆弱。最讓他感觸的是莉莉的眼神。以往在牠想睡覺時也會露出無精打采的神態。但是今天的莉莉看起來簡直就像虛弱至極的旅人，一副歷經風霜疲憊不堪的樣子。

「已經不記得你了啊！……果然是畜生啊。」

「不是這樣的！這是因為，牠看到有旁人就會裝作不認識的樣子。」

「是這樣嗎？……」

「是這樣的，……所以不好意思，……可以讓我把紙門拉上嗎？請妳在這裡等我。……」

「你要做什麼？」

「我沒有要做什麼，……只是，那個，……我只是想把牠抱到腿上。」

「這樣啊！可是姐姐馬上就要回來了。」

「那就麻煩妳到那個房間幫我看著門口的動靜，如果看到姐姐就馬上通知我，拜託妳了。」

庄造一邊叫初子關上門，一邊慢慢地走進房間。將初子關在外面，之後庄造開口：

「莉莉！」庄造坐到牠的對面。

莉莉一開始因為好不容易的午睡被打擾了而不開心，所以懶懶地打開雙眼眨了眨。但是接著庄造幫牠擦掉眼屎，把牠抱在自己的大腿上，輕輕地摸著牠的脖子時，牠並沒有特別抗拒的表情，彷彿已經很習慣這樣子的動作。過了一會兒，喉嚨就開始發出咕嚕咕嚕的聲音。

「莉莉！怎麼了？身體不舒服嗎？她有每天好好的照顧你嗎？」

庄造拚命的跟莉莉說話，希望莉莉能夠想起以前一起玩鬧的片段，希望牠把頭湊過來舔自己的臉。但是不管莉莉聽到什麼都沒有任何的反應，只是閉著眼睛發出咕嚕咕嚕的聲音。即使如此，庄造還是很有耐心的撫摸著莉莉的脖子。當庄造心神稍微穩定下來後，開始打量這個房間。房裡的擺設在很多小細節中都呈現出品子那種認真又有點神經質的個性。例如，就算只離開二、三分鐘，她也會把窗簾拉上。不僅如此，在這個四坪半的空間中，無論是梳妝台、衣櫥、針線盒、還有貓的餐具、貓砂等等各式各樣的東西都排列得井然有序。庄造看了插著火鉗的火盆一眼，只見炭被整理得很整齊，上面的灰燼呈現美麗的紋路，鐵爐架上琺瑯的藥罐被擦得閃閃發亮。但這些並沒有讓庄造覺得不可思議。他覺得最驚訝的是盤子上的那些蛋殼。庄造知道品子必須自己賺取生活費，所以生活上絕不那麼輕鬆。但她在這貧瘠的生活中卻還不忘要給莉莉充分的營養。不只如此，就連莉莉的坐墊裡面鋪的棉看起來都比她自己用的還要厚些。她到底在想什麼呢？為什麼要這麼用心的照顧一隻自己曾經討厭的貓呢？

仔細想想，庄造簡直就是咎由自取。因為他聽信旁人的話把前任老婆趕出家門，連帶這隻貓也跟著吃了不少的苦。結果，今天早上連他自己也進不了家門，這才一路晃到了這裡來。庄造聽著莉莉喉嚨發出咕嚕咕嚕的聲音，聞著那股刺鼻的貓砂味道，突然心裡覺得一陣心酸。無論品子還是莉莉，她們雖然都很可憐，但說起來，最可憐的應該是自己吧，因為自己可以說是無家可歸了啊。

這個時候。突然傳來趴搭趴搭的走路聲，初子慌慌張張的拉開紙門說：

「姐姐已經走到轉角那裡了。」

「啊！糟了！」

「你不能從後門出去！……前門……繞到前門去。鞋子我幫你拿過去。快點！快點！」

庄造匆匆忙忙的往樓下衝，飛快的跑到外面的玄關，趕緊穿上初子丟過來的草屐。在偷偷溜往街上的途中，他轉頭看了一眼品子的背影，只差一步！品子正好往後門的方向轉進去。庄造彷彿被什麼怪物追趕似的，往反方向一溜煙跑走了。

附錄〈谷崎潤一郎生平年表〉

1886年	0	7月24日出生於東京日本橋，為家中長男。
1890年	4	弟弟谷崎精二出生，為日本知名作家。
1897年	11	國小畢業，受稻葉清吉老師影響，開始對文學產生濃厚興趣。
1898年	12	與學長和同學創辦校園雜誌《學生俱樂部》。
1901年	15	家道中落，由稻葉清吉老師資助就學。
1908年	22	進入東京帝國大學就讀國文科，兩年後因繳不出學費離開學校。
1910年	24	與小山內薰等人創辦第二次的《新思潮》文學雜誌。發表短篇小說《刺青》、《麒麟》受永井荷風的激賞，確立文壇地位。
1912年	26	發表短篇小說《惡魔》。
1916年	30	發表長篇小說《鬼面》。與石川千代子結婚，隔年生下長女鮎子。
1917年	31	母親過世，開始與芥川龍之介、佐藤春夫來往。
1918年	32	前往朝鮮、中國北方和江南一帶旅行。返國後擔任中日文化交流顧問。發表短篇小說《小小王國》。

1921年	35	愛上千代子的妹妹，夫妻感情失和。友人佐藤春夫因同情而對千代子動心。原本協議將妻子讓給好友，然而谷崎因遭妹妹拒絕而反悔，兩人因此絕交，文壇稱之為「小田原事件」。
1922年	36	發表獨幕劇《禦國與五平》。
1923年	37	9月1日，關東大地震發生，全家搬到關西，寫作風格開始帶有大阪方言和特有的風土人文。
1925年	39	發表長篇小說《痴人之愛》。
1926年	40	年初，再度前往中國上海旅遊，並結識文人郭沫若。
1926年	41	與芥川龍之介論爭，芥川於谷崎41歲生日當天自殺。
1928年	42	發表《卍》。
1930年	44	與千代子、佐藤共同發表協議。谷崎正式與千代子離婚，佐藤與千代子結婚，兩人恢復友誼關係，為知名的「讓妻事件」。
1932年	46	發表《武州公秘錄》。
1933年	47	發表短篇小說《春琴抄》。
1937年	51	受選為日本帝國藝術院會員。
1939年	53	發表隨筆評論作品集《陰翳禮讚》。於1955年譯為英文版，在美國打開知名度，隨後也出版法文版。其中的日本古典美學、藝術與生活的感性，對法國知識圈造成重大影響。

1948年	62	發表長篇小說《細雪》，獲得每日出版文化賞及朝日文化賞。1950年代開始被翻譯成英文，隨後也出版各國語言版本。為其知名代表作。
1949年	63	獲得第八回日本文化勳章。
1950年	64	發表《少將滋幹之母》。
1951年	65	由於高血壓病況加重，搬到靜岡縣熱海靜養。發表《源氏物語》口語譯本。
1956年	70	發表《鑰匙》。
1958年	72	出現右手麻痺的中風現象，此後作品都用口述方式作成。
1960年	74	由美國作家賽珍珠推薦提名諾貝爾文學獎，是日本早期少數幾位獲得提名的作家之一。
1962年	76	發表《瘋癲老人日記》，獲得每日藝術大賞。
1964年	78	獲選為日本首位全美藝術院美國文學藝術學院名譽會員。
1965年	79	住進東京醫科大學附屬醫院治療病情，出院後前往京都旅遊。7月30日因腎病去世，享年80歲。葬於京都市佐京區的法然院。

貓與庄造與兩個女人

2023年4月28日　初版第一刷　定價280元

著者　谷崎潤一郎
譯者　廖佳燕
美術編輯　王舒玗
總編輯　洪季楨
編輯企劃　笛藤出版
發行所　八方出版股份有限公司
發行人　林建仲
地址　台北市中山區長安東路二段171號3樓3室
電話　(02)2777-3682
傳真　(02)2777-3672
總經銷　聯合發行股份有限公司
地址　新北市新店區寶橋路235巷6弄6號2樓
電話　(02)2917-8022・(02)2917-8042
製版廠　造極彩色印刷製版股份有限公司
地址　新北市中和區中山路二段380巷7號1樓
電話　(02)2240-0333・(02)2248-3904
郵撥帳戶　八方出版股份有限公司
郵撥帳號　19809050

貓與庄造與二個女人/谷崎潤一郎著；廖佳燕譯. -- 初版.
-- 臺北市：笛藤出版圖書有限公司, 2023.04
面；　公分
ISBN 978-957-710-893-7(平裝)
861.57　　112005168